古典詩歌研究彙刊

第二一輯

龔鵬程 主編

第 10 冊

陸游蜀中七律研究（下）

藍治平 著

國家圖書館出版品預行編目資料

陸游蜀中七律研究（下）／藍治平 著 — 初版 — 新北市：花
木蘭文化出版社，2017〔民 106〕

目 4+138 面；17×24 公分

（古典詩歌研究彙刊 第二一輯；第 10 冊）

ISBN 978-986-404-871-7（精裝）

1.（宋）陸游 2. 宋詩 3. 律詩 4. 詩評

820.91   106000431

ISBN-978-986-404-871-7

9 789864 048717

古典詩歌研究彙刊
第二一輯　第十冊   ISBN：978-986-404-871-7

陸游蜀中七律研究（下）

作　　者　藍治平
主　　編　龔鵬程
總 編 輯　杜潔祥
副總編輯　楊嘉樂
編　　輯　許郁翎、王筑　美術編輯　陳逸婷
出　　版　花木蘭文化出版社
社　　長　高小娟
聯絡地址　235 新北市中和區中安街七二號十三樓
　　　　　電話：02-2923-1455／傳真：02-2923-1452
網　　址　http://www.huamulan.tw 信箱 hml810518@gmail.com
印　　刷　普羅文化出版廣告事業
初　　版　2017 年 3 月
全書字數　230793 字
定　　價　第二一輯共 22 冊（精裝）新台幣 33,000 元　　版權所有·請勿翻印

陸游蜀中七律研究（下）

藍治平　著

目

次

上　冊

謝　誌

第一章　緒　論 ································· 1

第一節　研究動機 ·························· 1

第二節　文獻探討 ·························· 3

一、傳記 ···························· 4

二、詩文選集 ······················ 5

三、學位論文 ······················ 6

第三節　研究範圍與方法 ·········· 10

第二章　陸游生平事蹟及其蜀中生活 ··· 13

第一節　入蜀前生活概況 ·········· 14

一、童年時期 ······················ 14

二、青少時期 ······················ 15

三、青壯時期 ······················ 16

第二節　蜀中生活經歷 ·············· 18

一、入蜀過程 ······················ 18

二、夔州通判 ······················ 25

三、王炎幕府 ······················ 28

四、五易其任 ······················ 32

五、成都參議 ······················ 38

第三節　離蜀後生活概況 ·········· 42

一、離蜀後十年 ·················· 43

二、六十五歲至卒年 ············ 45

第三章　陸游蜀中七律之內涵 ········· 49

第一節　官宦主題 ···················· 50

一、羈旅行役 ······················ 50

二、軍事相關 ······················ 54

三、試院入闈 ······················ 57

四、奉旨謝恩 ······················ 59

五、視察民生 ······················ 60

第二節　生活主題 ···················· 62

一、歲時節令 ······················ 63

二、日常活動 ······················ 68

第三節　寫景主題 …………………………… 77
　一、遇樓臺亭閣抒登臨之感 ……………… 81
　二、遊道院寺廟起出塵之思 ……………… 85
　三、憑弔古蹟，追緬前人 ………………… 89
第四節　人事主題 …………………………… 94
　一、寄贈 …………………………………… 95
　二、酬和 …………………………………… 96
　三、送別 …………………………………… 99
　四、會客與尋訪 …………………………… 101
　五、追思 …………………………………… 102
第五節　詠物主題 …………………………… 103
　一、梅花 …………………………………… 104
　二、蠟梅 …………………………………… 108
　三、木犀 …………………………………… 109
　四、海棠 …………………………………… 109
　五、筍與墨竹 ……………………………… 110
第四章　陸游蜀中七律之形式 ……………… 113
第一節　語彙特色 …………………………… 113
　一、虛詞的使用 …………………………… 114
　二、俗語的使用 …………………………… 118
　三、色彩的使用 …………………………… 123
　四、疊字的使用 …………………………… 130
第三節　修辭技巧 …………………………… 136
　一、摹寫 …………………………………… 136
　二、譬喻 …………………………………… 141
　三、誇飾 …………………………………… 147
　四、用典 …………………………………… 149
　五、對仗 …………………………………… 163
第四節　用韻特徵 …………………………… 190
　一、好用寬韻 ……………………………… 191
　二、選擇廣泛 ……………………………… 192
　三、隨情押韻 ……………………………… 194

下 冊

第五章　陸游蜀中七律之風格 ························· 201
　第一節　悲鬱沉雄 ····························· 204
　第二節　蕭瑟曠蕩 ····························· 210
　第三節　豐贍秀麗 ····························· 215
　第四節　清淡圓潤 ····························· 221
第六章　陸游在七律發展史上的定位 ··········· 227
　第一節　唐代七律發展概況 ················· 228
　　一、初唐 ································· 228
　　二、盛唐 ································· 229
　　三、中唐 ································· 232
　　四、晚唐 ································· 233
　第二節　宋代七律發展概況 ················· 234
　　一、北宋 ································· 234
　　二、南宋 ································· 235
　第三節　陸游七律的歷史定位 ············· 236
第七章　結　論 ····························· 239
附　錄
　附錄一：陸游蜀中時期七言律詩總表 ········· 249
　附錄二：陸游蜀中時期七言律詩題材分類表··· 267
　附錄三：陸游蜀中時期近體詩目錄 ········· 285
　附錄四：陸游蜀中時期古體詩目錄 ········· 313
　附錄五：陸游蜀中活動地點古今地名對照表··· 325
參考文獻 ····························· 333

第五章　陸游蜀中七律之風格

　　「風格」一詞，範疇廣泛、含蘊豐富，難以義界。最早係指人的風度品格，南朝劉勰開始用於評論文學，〔註1〕風格便代表文字傳達思想情感的某種特定方式；發展至現代，風格這個詞彙更被廣泛運用在文學、繪畫、音樂、舞蹈、戲劇等等藝術領域。總括而言，風格源自個人所表現的行爲模式，只要是人類所進行的人文活動，皆足以形成獨具面貌的行事風格。

　　風格，就文學創作而言是指某種綜合性的總體特點。若與前面所討論的題材內容、藝術形式比較，風格可視爲一種更爲整體、內在、穩定的獨特識別印記，它能忠實地反映出作家、民族甚至整個時代的精神內涵。

　　傳統詩話與詩評家對於作品與作家的整體風格，常施以極精簡的概要性評論，比如施補華評王維：「清幽絕俗」、〔註2〕王世貞稱李白：「俊逸高暢」、〔註3〕葉矯然云李商隱：「工麗瑰瑋」、〔註4〕許學夷言

〔註1〕 劉勰：「漢世善駁，則應劭爲首。晉代能議，則傅咸爲宗。然仲瑗博古，而銓貫有敍。長虞識治，而屬辭枝繁。及陸機斷議，亦有鋒穎，而腴辭弗翦，頗略文骨，亦各有美，風格存焉。」《文心雕龍注》，卷五（臺北市：學海出版社，1977年8月），頁438。
〔註2〕 施補華：《峴傭說詩》，轉引自高步瀛選注：《唐宋詩舉要》（臺北市：學海出版社，1988年6月），頁753。
〔註3〕 王世貞：《藝苑厄言》，轉引自高步瀛選注：《唐宋詩舉要》（臺北市：

溫庭筠:「清逸閑婉」〔註5〕等等,皆在隻字片語間將文藝風格進行嚴格地裁減與高度地濃縮。

　　傳統詩論對風格採取如此簡略、籠統的評點方式,顯然受魏晉玄學「言意之辨」影響甚深。風格可說是詩篇、詩集、詩人全副精神面貌的整體呈現,原本就無法以有限的言語做完美的傳達。詩評家勉強訴諸於文字,只能從直觀的印象中截取最精華、最鮮明、概括性也最強的部分,名之為「風格」。其餘得靠讀者親自閱讀、領略,只能意會不能言傳。過多的詮釋,反而會造成不必要的干擾。

　　傳統詩論對於風格的品評,採取「得意忘言」的哲學方法,固然對讀者的審美思維有良好的啓迪作用,但太過倚重個人的審美經驗,缺乏具體分類、歸納、比較、分析、說明等運思過程,便無法客觀解決詩評者間的歧異,更可能留給讀者片斷模糊的印象,造成理解上的偏差混淆。比如關於陸詩風格的評語,楊萬里曰:「敷腴」〔註6〕,姜夔曰:「俊逸」〔註7〕,方回曰:「悲壯」〔註8〕,陳瑚曰:「閒雅」〔註9〕,徐乾學曰:「雄健」〔註10〕等等,諸家所評雖皆為放翁詩,但顯然所關注的題材各異,更遑論另有詩歌體裁、人生階段、時空環

　　　學海出版社,1988 年 6 月),頁 24。

〔註 4〕葉矯然:《龍性堂詩話》轉引自《唐七律詩精評》(上海市:上海社會科學院,1989 年),頁 269。

〔註 5〕許學夷:《詩源辨體》轉引自《唐七律詩精評》(上海市:上海社會科學院,1989 年),頁 320。

〔註 6〕楊萬里:《誠齋集》卷八十一,〈千嚴摘稿序〉。轉引自孔凡禮、齊治平編:《陸游資料彙編》(北京市:中華書局,2006 年 8 月),頁 22。

〔註 7〕姜夔:《白石道人詩集》卷首,〈自序〉。轉引自孔凡禮、齊治平編:《陸游資料彙編》(北京市:中華書局,2006 年 8 月),頁 28。

〔註 8〕方回:《桐江集》卷一,〈跋遂初尤先生尚書詩〉。轉引自孔凡禮、齊治平編:《陸游資料彙編》(北京市:中華書局,2006 年 8 月),頁 78。

〔註 9〕陳瑚:《陳確庵先生遺書》卷六,〈詩因年進〉。轉引自孔凡禮、齊治平編:《陸游資料彙編》(北京市:中華書局,2006 年 8 月),頁 138。

〔註10〕徐乾學:《宋金元詩永·序》。轉引自孔凡禮、齊治平編:《陸游資料彙編》(北京市:中華書局,2006 年 8 月),頁 159。

境等內外因素，並無法反映陸詩風格的整體面貌。

　　現代學術論著對陸詩風格的相關研究更爲周密嚴謹。李致洙彙整前人論述，將陸游詩分爲豪邁悲鬱、清淡圓潤以及敷腴工麗三種主要風格。〔註11〕宋邦珍則以陽剛與陰柔的相對程度將陸詩風格分爲豪放雄渾、清麗圓潤、蕭颯疏淡三類。〔註12〕上述二者皆以陸游的全部詩作爲研究對象，所歸納的幾種風格是否也足以代表蜀中七律？必須經過嚴謹的檢視。

　　風格既是一種可供識別的總體特徵，也是多種主、客觀因素交互影響的連續過程，〔註13〕因此兼具有「穩定」與「變動」、「一致」與「多樣」兩組相對特性。風格的穩定性，係指當作家主要風格形成，便會貫穿在日後的創作階段，成爲一種鮮明的基調；但風格的穩定僅是相對性的概念，它會隨著時空環境的不同而產生變動性。比如杜甫的抑鬱蒼茫，在安史之亂前後的作品就有程度上的變化。

　　風格的一致性，則指主要風格形成後，便會反映在各種形式的創作活動中。但風格的一致性也只是「異中之同」，不同題材、文體自有其特性、情貌，因此也同時存在有「多樣性」。再舉杜甫爲例，皆以戰亂爲主題的三吏，在憂愁悲憫的主調中，又可細分出寬慰、警惕、批判的差異。

　　蜀中七律是陸游詩經過分期、分體雙重切割而來的子集，因此部分與整體之間，既存在有發展歷程的前後關係，也存在有單一體裁與詩歌總體的風格差異。本章欲從穩定與變動、一致與多樣兩個層面檢視陸游蜀中七律，藉此探究部分與整體之間的歧異與關聯。下面將分

〔註11〕李致洙：《陸游詩研究》第六章（臺北市：文史哲出版社，1991年9月），頁321。

〔註12〕宋邦珍：《陸游詩歌研究》高雄師範大學國文學系博士論文，1990年，頁224。

〔註13〕主觀因素，是指作家的個人條件，包括作家的秉賦、氣質、學識、涵養、經歷、品味、人生觀、世界觀等等。客觀因素，是指作家以外的種種外在條件，包括描述對象、社會環境、風俗語言、文化風氣、時代條件等等。

爲悲鬱沉雄、蕭瑟曠蕩、豐贍秀麗、清淡圓潤等四類進行討論。

第一節　悲鬱沉雄

　　方回所言之「悲壯」〔註 14〕與徐乾學所言之「雄健」〔註 15〕，皆是指陸游詩中表現出雄渾蒼勁的作品。李致洙名之爲「豪邁悲鬱」，〔註 16〕宋邦珍名之爲「豪放雄渾」〔註 17〕，兩人皆置諸於首要風格討論，可見這類展現出陽剛雄健風格的作品，是陸游詩中最鮮明、最重要的標誌。

　　比較李、宋二氏所言，「豪邁」與「豪放」意義相近，「悲鬱」與「雄渾」之別，則在於前者強調情感特徵，後者注重精神氣象，都足以涵蓋陸游此類作品特色。李致洙言：「陸游作品中抒發憂國壯志的，大致具有豪邁悲鬱的特色。」〔註 18〕宋邦珍將陸詩的豪放雄渾，歸結於幾種因素：一、寫作時身處戰爭前線；二、寫作地點接近戰區或離開不久；三、因觀景物之浩瀚；四、飲酒而使情緒亢奮。〔註 19〕

　　總體而言，陸詩的豪邁風格主要根源於慷慨磊落的性格與堅定的愛國情操，除抒發憂國憂時之作，也展現在感懷身世、登臨懷古、羈旅行役、遊覽山水、飲酒紀夢、酬和寄贈等等，題材相當廣泛。《唐宋詩醇》：「其感激悲憤、忠君愛國之誠，一寓於詩。酒酣耳熱，跌蕩

〔註14〕方回：《桐江集》卷一，〈跋遂初尤先生尚書詩〉。轉引自孔凡禮、齊治平編：《陸游資料彙編》（北京市：中華書局，2006 年 8 月），頁78。

〔註15〕徐乾學：《宋金元詩永・序》。轉引自孔凡禮、齊治平編：《陸游資料彙編》（北京市：中華書局，2006 年 8 月），頁 159。

〔註16〕李致洙：《陸游詩研究》第六章（臺北市：文史哲出版社，1991 年 9 月），頁 321。

〔註17〕宋邦珍：《陸游詩歌研究》高雄師範大學國文學系博士論文，1990 年，頁 225。

〔註18〕李致洙：《陸游詩研究》第六章（臺北市：文史哲出版社，1991 年 9 月），頁 322。

〔註19〕宋邦珍：《陸游詩歌研究》高雄師範大學國文學系博士論文，1990 年，頁 240。

淋漓，至於漁舟樵徑，茶椀爐熏，或雨或晴，一草一木，莫不著爲歌詠，以寄其意。」〔註20〕所言即是如此。

就文體而言，陸游豪邁蒼勁之作，最常表現在七古與七律。兩者雖以雄渾蒼健爲主調，但體裁特徵對風格亦產生顯著的影響。七古形式自由，無論字數、句數、平仄、選韻、轉韻等等，幾乎毫無限制，最適合容納詩人的奇思妙想。比如：〈九月十六日夜夢〉〔註21〕、〈胡無人〉〔註22〕、〈長歌行〉〔註23〕、〈題醉中所作草書卷後〉〔註24〕等等，陸游皆將雄心壯志轉化爲超現實情節，離奇誇張的意象自然形成奇恣豪放的風格，具有強烈的浪漫色彩。相較之下，七律嚴密整飭，一字一句莫不合於法度，情意的表達因此沉穩內斂，比如：〈南鄭馬上作〉〔註25〕、〈嘉川舖得檄遂行中夜次小柏〉〔註26〕、〈初離興元〉〔註27〕、〈蜀州大閱〉〔註28〕等等，皆是陸游生命歷程的忠實紀錄，詩中情感鬱結深沉，具有相當的寫實意義。

李、宋兩位所言「豪邁悲鬱」、「豪放雄渾」，皆以陸游詩全體裁爲對象。若要進一步區別此類七古、七律，前者應爲「豪放瑰瑋」、後者則是「悲鬱沉雄」，更能分別概括體裁特色。

陸游七律之悲鬱沉雄，源自其剛健性格與愛國思想。因此早期作品已頗見豪邁颯爽之氣。以下略舉三首：

棠梨花開社酒濃，南村北村鼓簍簍。

〔註20〕愛新覺羅弘曆等：《唐宋詩醇・綜評》。轉引自孔凡禮、齊治平編：《陸游資料彙編》（北京市：中華書局，2006年8月），頁215。

〔註21〕陸游：《詩稿校注》，冊一，卷四〈九月十六日夜夢駐軍河外遣使招降諸城覺而有作〉，頁344。

〔註22〕陸游：《詩稿校注》，冊一，卷四〈胡無人〉，頁367。

〔註23〕陸游：《詩稿校注》，冊一，卷五〈長歌行〉，頁467。

〔註24〕陸游：《詩稿校注》，冊二，卷七〈題醉中所作草書卷後〉，頁566。

〔註25〕陸游：《詩稿校注》，冊一，卷三〈南鄭馬上作〉，頁234。

〔註26〕陸游：《詩稿校注》，冊一，卷三〈嘉川舖得檄遂行中夜次小柏〉，頁254。

〔註27〕陸游：《詩稿校注》，冊一，卷三〈初離興元〉，頁256。

〔註28〕陸游：《詩稿校注》，冊一，卷五〈蜀州大閱〉，頁455。

且祈麥熟得飽飯，敢說穀賤復傷農？
崖州萬里竄酷吏，湖南幾時起臥龍？
但願諸賢集廊廟，書生窮死勝侯封。〔註29〕

客中多病廢登臨，聞說南臺試一尋。
九軌徐行怒濤上，千艘橫繫大江心。
寺樓鐘鼓催昏曉，墟落雲煙自古今，
白髮未除豪氣在，醉吹橫笛坐榕陰。〔註30〕

白髮將軍亦壯哉！西京昨夜捷書來。
胡兒敢作千年計，天意寧知一日回。
列聖仁恩深雨露，中興赦令疾風雷。
懸知寒食朝陵使，驛路梨花處處開。〔註31〕

第一首先描寫忙碌充實的農村生活，再轉而對酷吏曹泳徙崖州事、良
將張浚未獲起用提出針貶。陸游在此詩中無懼權貴壓迫，大膽議論朝
政，展現出「貧賤不能移」的丈夫氣概。第二首是陸游擔任福州寧德
縣主簿時所作，主要描寫浮橋橫跨大江怒濤，舟艫櫛比鱗次的壯闊場
面。磅礡的氣勢與詩人的豪情相互輝映，是陸游早期的傑作。第三首
為聞武鉅收復河南府所作，全詩洋溢歡暢喜悅之情。韻腳辭彙「捷書
來」、「一日回」、「疾風雷」、「處處開」等，更讓豪情快意不斷加速，
與杜甫〈聞官軍收河南河北〉有異曲同工之妙。

　　以上三首雖初步展露豪放風采，但尚不足以形成主調。一則這類
作品在早年篇幅不多，二則陸游未經羈旅行役、沙場征伐的嚴酷磨
練，思想尚未突破文臣儒生的格局。因此陸游七律之悲鬱沉雄，直到
入蜀後才得以完成。

　　入蜀之前，陸游雖也有異鄉為官的經驗，但都在溫暖富庶的東南
一帶，離鄉遠行至夔州任官，無疑對陸游心理造成極大負擔。一來官
微地僻，前景堪慮，二來交通險惡，風險頗大。因此在入蜀途中所作

〔註29〕陸游：《詩稿校注》，冊一，卷一〈二月二十四作〉，頁18。
〔註30〕陸游：《詩稿校注》，冊一，卷一〈度浮橋至南臺〉，頁31。
〔註31〕陸游：《詩稿校注》，冊一，卷一〈聞武均州報已復西京〉，頁48。

七律，常籠罩在窮愁悲鬱的陰霾之中。比如：

　　半世無歸似轉蓬，今年作夢到巴東。

　　身遊萬死一生地，路入千峰百嶂中。

　　鄰舫有時來乞火，叢祠無處不祈風。

　　晚潮又泊淮南岸，落日啼鴉戍堞空。〔註32〕

　　歸燕羈鴻共斷魂，荻花楓葉泊孤村。

　　風吹暗浪重添纜，雨送新寒半掩門。

　　魚市人煙橫慘淡，龍祠簫鼓鬧黃昏。

　　此身且健無餘恨，行路雖難莫更論。〔註33〕

　　局促常悲類楚囚，遷流還歎學齊優。

　　江聲不盡英雄恨，天意無私草木秋。

　　萬里羈愁添白髮，一帆寒日過黃州。

　　君看赤壁終陳迹，生子何須似仲謀！〔註34〕

以上僅列舉三首，其他還有〈武昌感事〉〔註35〕、〈哀郢〉〔註36〕、〈塔子磯〉〔註37〕等等，與前期相較，這類悲鬱沉雄的作品比例大幅提高，已成為陸游創作主軸。令一方面，陸游詩風此時更為沉鬱醇厚，對人生的觀察與體悟也更加深刻。經過這場既艱辛又漫長的萬里長征，沿途的風雪塵霜逐漸滲入陸游血液，使他追隨屈原、李白、杜甫、劉禹錫、蘇軾等詩人前輩步伐，也躋身「江湖羈臣」〔註38〕的一員。

　　陸游入蜀後，詩歌的質與量皆有提振，但其「悲鬱沉雄」之本色確立，還要等到南鄭從戎時期。若說夔州之行，開拓陸游的視野；南

〔註32〕陸游：《詩稿校注》，冊一，卷二〈晚泊〉，頁138。

〔註33〕陸游：《詩稿校注》，冊一，卷二〈雨中泊趙屯有感〉，頁140。

〔註34〕陸游：《詩稿校注》，冊一，卷二〈黃州〉，頁141。

〔註35〕陸游：《詩稿校注》，冊一，卷二〈武昌感事〉，頁142。

〔註36〕陸游：《詩稿校注》，冊一，卷二〈哀郢〉，頁144。

〔註37〕陸游：《詩稿校注》，冊一，卷二〈塔子磯〉，頁148。

〔註38〕截自「天地何心窮壯士，江湖從古著羈臣。」陸游：《詩稿校注》，冊一，卷二〈哀郢〉，其二，頁145。

鄭之行，則是提升陸游的境界。金戈鐵馬的生活激發陸游的英雄氣概，雖然歷時短暫，但卻足以一掃儒臣的文弱氣息，貫注此後的詩歌創作。以下列舉三首：

> 南鄭春殘信馬行，通都氣象尚崢嶸。
> 迷空遊絮憑陵去，曳綫飛鳶跋扈鳴。
> 落日斷雲唐闕廢，淡煙芳草漢壇平。
> 猶嫌未豁胸中氣，目斷南山天際橫。〔註39〕

> 北首褒斜又幾程，驕雲未放十分晴。
> 馬經斷棧危無路，風掠枯茆颯有聲。
> 季子貂裘端已弊，吳中菇菜正堪烹。
> 朱顏漸改功名晚，擊筑悲歌一再行。〔註40〕

> 雲棧屏山閱月遊，馬蹄初喜蹋梁州。
> 地連秦雍川原壯，水下荊揚日夜流。
> 遺虜屬屬寧遠略，孤臣耿耿獨私憂。
> 良時恐作他年恨，大散關頭又一秋。〔註41〕

陸游秉性忠良，雖然自早歲時已十分關注國事敵情，但見聞全都局限於文史資料。這一次親赴前線戰場，讓他得以擺脫書生之囿，成為一個名符其實的軍事觀察者。〈南鄭馬上作〉可以視為陸游領略「詩家三昧」〔註42〕後的第一首七律，初到南鄭陸游便迫不及待地攬轡出巡，親眼考察這久仰多時的軍事要塞。唐闕漢壇警惕著國家的興衰盛亡，北望即是淪陷敵境的終南山脈，陸游內心的激昂幾欲噴洩又強行壓抑，轉而貫注在眼前的崢嶸氣象，遂成沉雄之境。

　　第二首為南鄭生活的寫照，秋風凜冽、斷棧危橋、皮裘破損、飲食簡陋，前線生活條件克難，但文臣出身的陸游卻甘之如飴，只要保

〔註39〕陸游：《詩稿校注》，冊一，卷三〈南鄭馬上作〉，頁234。
〔註40〕陸游：《詩稿校注》，冊一，卷三〈自閬復還漢中次益昌〉，頁251。
〔註41〕陸游：《詩稿校注》，冊一，卷三〈歸次漢中境上〉，頁255。
〔註42〕陸游：《詩稿校注》，冊四，卷二十五〈九月一日夜讀詩稿有感走筆作歌〉，頁1802。

有抗金復國的機會，雖萬死而莫辭。全詩散發剛毅雄健的戰鬥精神，直追盛唐邊疆詩人。

　　第三首為陸游在南鄭時期的最後一首七律，前一首〈嘉川舖得檄遂行中夜次小柏〉〔註43〕描述陸游接獲王炎內調消息，連夜急奔南鄭之事。這一首〈歸次漢中境上〉則緊接在後，記錄抵達南鄭境內的心情。比起初得檄的震驚慌亂，經過長途顛簸，陸游此時又重回冷靜平穩的心理狀態，情緒雖不再沸騰激昂，但內心的憂慮卻更為幽深。詩人敏銳的心思已洞若觀火，眼前「地連秦雍，水下荊揚」的遼闊景象即將化為此生最難忘的卷軸，從此隨復國大夢蛛網塵封。

　　南鄭之行無功而返，北伐夢想支離破碎，可說是陸游一生中最沉重的打擊。詩人經此重挫，詩風更顯悲鬱沉雄，即使離開興元，滿腔的抑鬱悲憤並不隨著時空久遠而減弱淡化。比如：

　　　　烈日炎天欲不禁，喜逢秋色到園林。
　　　　雲陰映日初蕭瑟，露氣侵簾已峭深。
　　　　衰髮凋零隨槁葉，苦吟淒斷雜疏砧。
　　　　鴈來不得中原信，撫劍何人識壯心！〔註44〕

　　　　黃落梧桐覆井床，莎根日夜泣寒螿。
　　　　老生窺鏡鬢成雪，俊鶻摩霄翰欲霜。
　　　　破虜誰持白羽扇？從軍曾擁綠沈槍。
　　　　壯心自笑何時豁，夢遶祁連古戰場。〔註45〕

　　　　鐵騎森森帕首紅，角聲旗影夕陽中。
　　　　雖慚江左繁雄郡，且看人間矍鑠翁。
　　　　清渭十年真昨夢，玉關萬里又秋風。
　　　　憑鞍撩動功名意，未恨猿驚蕙帳空。〔註46〕

〔註43〕陸游：《詩稿校注》，冊一，卷三〈嘉川舖得檄遂行中夜次小柏〉，頁254。
〔註44〕陸游：《詩稿校注》，冊一，卷五〈秋思〉，頁440。
〔註45〕陸游：《詩稿校注》，冊二，卷十二〈秋思〉，頁999。
〔註46〕陸游：《詩稿校注》，冊三，卷十九〈嚴州大閱〉，頁1460。

誰畫陽關贈別詩？斷腸如在渭橋時。

荒城孤驛夢千里，遠水斜陽天四垂。

青史功名常蹭蹬，白頭襟抱足乖離。

山河未復胡塵暗，一寸孤愁只自知。〔註47〕

蓬矢桑弧射四方，豈知垂老臥江鄉。

讀書雖復具只眼，貯酒其如無別腸！

疋馬揚鞭遊鄂杜，扁舟捩柂上瀟湘。

自悲此志俱難愜，且復狂歌破夜長。〔註48〕

以上五首七律，依序分別爲陸游五十、五十六、六十三、七十、八十三歲所作。從「鴈來不得中原信」、「玉關萬里又秋風」、「一寸孤愁只自知」等句，可觀察到憂國憂時的悲愴沉鬱，由「撫劍何人識壯心」、「夢遶祁連古戰場」、「且復狂歌破夜長」，可感受到矢志不移的沉著雄健。雖然囿於篇幅僅能略舉數首，但已能清楚顯示陸詩的悲鬱沉雄如何貫徹一生，不因血氣衰老而流失消散。

　　陸游七律之悲鬱沉雄，既繼承杜甫之沉鬱頓挫，又融入昂揚雄健的尚武精神，遂成爲忠義凜凜的千古詩魂。此種風格雖非蜀中時期所獨有，但巴蜀漂泊、南鄭從戎的經歷，卻是促使風格成熟的最關鍵催化劑，因此格外值得重視。

第二節　蕭瑟曠蕩

　　陸游蜀中七律另一重要風格爲「蕭瑟曠蕩」，主要表現在詠懷身世、抒發鄉愁、慨歎不遇等題材。因爲是處於生命低潮時所作，詩境氛圍多黯淡消沉，如秋風蕭瑟；但詩人秉性堅毅、胸襟開闊，即使坐困愁城亦力圖振作，因此在逆境當中更顯瀟灑磊落，形成一種清高曠蕩的風格。

　　「蕭瑟曠蕩」與前述「悲鬱沉雄」，兩者發展歷程大致相同，皆

〔註47〕陸游：《詩稿校注》，冊四，卷三十〈題陽關圖〉，頁2022。

〔註48〕陸游：《詩稿校注》，冊八，卷七十四〈書志〉，頁4055。

在蜀中時期發生關鍵性的蛻變，這當是與仕途受挫、異鄉飄泊的生命
經歷有莫大關聯。陸游入蜀前，雖也有些抒歎感懷之七律，比如：

忽忽簿領不堪論，出宿聊寬久客魂。
稻壟牛行泥活活，野塘橋壞雨昏昏。
槿籬護藥繚通徑，竹筧分泉自遍村。
歸計未成留亦好，愁腸不用遶吳門。〔註49〕

借得僧房似釣船，兼旬散髮醉江天。
酒能作病真如此，窮乃工詩卻未然。
閒似白鷗雖自許，健如黃犢已無緣。
秋高更欲移家去，先葺雲門屋數椽。〔註50〕

以上兩首雖抒發不遂之情，但抑鬱之氣尚未太深。這當是陸游活動範
圍仍在東南地區，風土人情與故鄉山陰相仿。在熟悉舒適的環境中，
低落的情緒容易得到寬慰。因此當陸游離開家鄉的沃壤，踏上赴夔的
萬里征途，蕭颯淒迷的詩風立即如野火蔓延。

船尾寒風不滿旗，江邊叢祠常掩扉。
行人畏虎少晨起，舟子捕魚多夜歸。
茆葉翻翻帶宿雨，葦花漠漠弄斜暉。
傷心到處聞碪杵，九月今年未授衣。〔註51〕

平明羸馬出西門，淡日寒雲久吐吞。
醉面衝風驚易醒，重裘藏手取微溫。
紛紛狐兔投深莽，點點牛羊散遠村。
不爲山川多感慨，歲窮遊子自消魂。〔註52〕

江上霜寒透客衣，閉窗羸臥不支持。
羈孤形影真相弔，衰颯頭顱已可知。
潦縮穩經行雨峽，竹疏騰見挂猿枝。

〔註49〕陸游：《詩稿校注》，冊一，卷一〈出縣〉，頁32。
〔註50〕陸游：《詩稿校注》，冊一，卷一〈曾原伯屢勸居城中而僕方欲自梅
　　　　山入雲門今日病酒偶得長句奉寄〉，頁63。
〔註51〕陸游：《詩稿校注》，冊一，卷二〈初寒〉，頁146。
〔註52〕陸游：《詩稿校注》，冊一，卷二〈大寒出江陵西門〉，頁151。

　　清樽可置須勤醉，莫望功名老大時。〔註53〕

上舉三首皆作於赴夔途中，與前引〈出縣〉、〈曾原伯屢勸居城中〉相較，風格顯然更為淒冷嚴峻。入蜀前雖然也賦閒在鄉，但年當青壯，閉門苦讀、修身自勵，仍有再獲重用的希望；入蜀的艱困旅程，則讓陸游驚覺體力的衰退、歲月的流逝，前景也頓時壟罩在惆悵失落的迷霧中。陸游風塵僕僕地走向蜀地，人生自此也進入冷冽蕭瑟的秋季，這樣的轉變亦呈現在詩歌風格。

　　魚復城邊逢雁飛，白頭羈客恨依依。
　　遠遊眼底故交少，晚歲人間樂事稀。
　　雲重古關傳夜柝，月斜深巷擣秋衣。
　　官閒況是頻移疾，藥鼎熒熒臥掩扉。〔註54〕

　　減盡腰圍白盡頭，經年作客向夔州。
　　流離去國歸無日，瘴癘侵人病過秋。
　　菊蕊殘時初把酒，雁行橫處更登樓。
　　蜀江朝暮東南注，我獨胡為淹此留？〔註55〕

以上略舉二首以示一斑，其他還有〈三泉驛站〉〔註56〕、〈夜思〉〔註57〕、〈重九會飲萬景樓〉〔註58〕等等，皆是情景黯淡、風格蕭瑟之作。與上一節所言及之「悲鬱」相較，前者注重抗敵復國，儘管屢遭重挫，但始終有「驅逐敵寇」這個明確目標，滿腔的憤懣得以投注，情感的奔流也因此恢弘雄壯；而此節所言之「蕭瑟」，雖然也是抒發內心的愁緒，但令人意興消沉的原因則顯得零碎繁瑣，仕途的打壓、官場的紛擾、吏務的庸碌、思鄉的苦悶、久病的折磨等等，一點一滴地蠶食著陸游的鬥志，即使有心振作也如對空揮拳，找不到用力

〔註53〕陸游：《詩稿校注》，冊一，卷二〈江上〉，頁156。
〔註54〕陸游：《詩稿校注》，冊一，卷二〈秋思〉，頁200。
〔註55〕陸游：《詩稿校注》，冊一，卷二〈九月三十日登城門東望淒然有感〉，頁206。
〔註56〕陸游：《詩稿校注》，冊一，卷三〈三泉驛站〉，頁254。
〔註57〕陸游：《詩稿校注》，冊一，卷四〈夜思〉，頁326。
〔註58〕陸游：《詩稿校注》，冊一，卷四〈重九會飲萬景樓〉，頁341。

的方向。陸游不能改變外在的苦悶環境，只有往內調整心境，因此促使風格從「蕭瑟」再往「曠蕩」蛻變。

　　所謂曠蕩，指的是一種氣象開闊、磊落坦蕩的風格。若要再進一步細分，曠爲「高曠」，也就是高遠曠達；蕩則是「豪蕩」，也就是豪放不拘。高曠與豪蕩既相類又有所區隔，以下先舉豪蕩之例：

　　　飄然醉袖怒人扶，篋裏何曾有畏塗。
　　　卷地黑風吹慘澹，半天朱閣插虛無。
　　　闌邊歸鶴如爭捷，雲表飛仙定可呼。
　　　莫怪衰翁心膽壯，此身元是一枯株。〔註59〕

　　　醉鄉卜築亦佳哉，但苦無情白髮催。
　　　癡欲煎膠黏日月，狂思入海訪蓬萊。
　　　辭巢歸燕先秋去，泣露幽花近社開。
　　　莫惜傾家供作樂，古人白骨有蒼苔。〔註60〕

　　　宦遊到處即忘家，況得閒身管物華。
　　　疏索故人緣病酒，折除厚祿爲看花。
　　　泥新高棟初巢燕，萍匝荒池已集蛙。
　　　斟酌人生要行樂，燈前起舞落烏紗。〔註61〕

古人排憂解悶，最直接有效的方法就是幾杯黃湯下肚，藉由酒意暫時拋掉內心的抑鬱不快。陸游豪蕩之詩雖未必就等於飲酒詩，卻往往藉由酒意揮灑，形成一種酣暢淋漓的豪快詩風。旅途的峭壁危棧、歲月的無情流逝、命運的飄泊不定，這一切都是陸游生命中無可避免的磨難，與其讓憂懼侵蝕而日益消沉，他寧可易之以一種落拓疏狂的從容態度。

　　面對生命困境，陸游所採取的另一種態度則是擴大思想格局，前所提及之豪蕩諸作，雖隨性快意，但僅是暫時轉移焦點，忘卻眼前的憂慮煩惱，等到澎湃亢奮的情緒平復，又得重新面對冰冷的現實。相

〔註59〕陸游：《詩稿校注》，冊一，卷二〈風雨中過龍洞閣〉，頁225。
〔註60〕陸游：《詩稿校注》，冊一，卷四〈醉鄉〉，頁332。
〔註61〕陸游：《詩稿校注》，冊二，卷七〈小飲房園〉，頁555。

較之下，陸游有些作品則風格高遠曠達，呈現一種山高水遠的人生境界。比如：

> 葦叢枯倒蓼花紅，小立東湖更向東。
> 委肉本知居几上，翦翎何恨著籠中。
> 一筇信腳乾坤迮，百檻澆愁寵辱空。
> 誰道窮途知舊少，此心念念與天通。〔註62〕

> 梅花又發鬼門關，坐覺春風萬里寬。
> 荔子陰中時縱酒，竹枝聲裡強追歡。
> 丁年漢使殊方老，子夜吳歌昨夢殘。
> 白帝夜郎俱不惡，兩公補處得憑欄。〔註63〕

> 縱轡江皋送夕暉，誰家井臼映荊扉。
> 隔籬犬吠窺人過，滿箔蠶饑待葉歸。
> 世態十年看爛熟，家山萬里夢依稀。
> 躬耕本是英雄事，老死南陽未必非。〔註64〕

第一首詩中，陸游以砧上肉、籠中鳥自喻，形容自己任人擺佈、動輒得咎的處境，但現實中的拘束並不妨礙詩人性靈的發展，前進的道路愈是孤獨，秉持的心念愈是澄澈。

　　第二首詩寫在荒涼僻遠的榮州，在陸游的認知中，這是李白流放而未到之地。如今流落至此，際遇猶比詩仙坎坷，但他並未因此感到辛酸沮喪，反倒有幾分得意自豪，重拾李、杜舊行程，踏遍白帝、夜郎兩遺跡，陸游豁達的胸襟讓他不以飄泊為苦，甘於接受這樣的巧合。

　　第三首詩寫在免官之後、奉祠之前，陸游頓失薪俸，亦缺乏返鄉的盤纏，本該陷入進退兩難的窘境，但幾經世事的洗鍊，詩人已經修養出曠達無累的心胸，因此才有「躬耕本是英雄事」的體悟。陸游翻用孔明躬耕南陽之事，認為即使劉備未曾三顧茅廬，孔明不得施展抱

〔註62〕陸游：《詩稿校注》，冊一，卷五〈放懷亭獨立有感〉，頁456。
〔註63〕陸游：《詩稿校注》，冊二，卷六〈高齋小飲戲作〉，頁508。
〔註64〕陸游：《詩稿校注》，冊二，卷七〈過野人家有感〉，頁574。

負，亦無損其嶔崎磊落的英雄人格。這也是陸游對此生無法見用於當世，所下的自我注解。

以上三首高曠之作，或坦然、或幽默，皆採取一種高遠遼闊的視野來正視生命中所遭遇的困境，因此較諸於豪蕩之風，更具有積極、明朗的正面意涵。讀之尤其有「山重水複疑無路，柳暗花明又一村」〔註65〕的欣慰感受。

「窮愁潦倒」是許多詩人的共同生命經驗，「寂寞蕭瑟」則是貶謫詩文所共通的情感特徵。眾家的差別就在於作者選擇用怎樣的態度面對悲傷寂寞。或是沉淪，或是放縱；或是怨恨，或是超脫，不同的人生態度也發展出迥然各異的詩風。陸游才高志大，在仕途上屢遭排擠，長期處於有志難言的困窘狀態，其詩歌自然反映出蕭瑟之氣；但陸游豪爽的性格、高曠的氣度時時與消沉的氣氛抗衡，遂鼓盪出蕭瑟曠蕩的藝術風格，從夔州赴任開始，便貫穿其後的創作生涯。

第三節　豐贍秀麗

陸游七律還有一種風格為豐贍秀麗，與前面所提及之悲鬱沉雄、蕭瑟曠蕩差異甚大。前述兩種風格皆含有嚴肅、深刻的人生意義，詩歌的內涵與陸游的理想、使命、際遇、德行、信念等等息息相關，這類作品呈現陸游較多「社會人」的面相。相較之下，本節所云「豐贍秀麗」則偏重美學領域，這類風格源自詩人所獨具的審美品味與文學素養，展現出較多「藝術家」風采。

陸游詩流麗綿密的風格，很早就受到詩壇的注目。楊萬里稱：「敷腴。」〔註66〕羅大經言：「豪麗。」〔註67〕劉辰翁云：「奇麗。」

〔註65〕陸游：《詩稿校注》，冊一，卷一〈遊山西村〉，頁102。
〔註66〕楊萬里：《誠齋集》卷八十一，〈千巖摘稿序〉。轉引自孔凡禮、齊治平編：《陸游資料彙編》（北京市：中華書局，2006年8月），頁22。
〔註67〕羅大經：《鶴林玉露》卷四。轉引自孔凡禮、齊治平編：《陸游資料彙編》（北京市：中華書局，2006年8月），頁50。

〔註 68〕方回標舉：「豪蕩豐腴。」〔註 69〕概言如此。李致洙將前人評語彙整為「敷腴工麗」，〔註 70〕特闢專節討論。其中所舉詩例八首，七律高達七首。可見這類秀麗華美的風格，在七律體裁表現尤其突出。歸納上舉諸家所言，陸游這類七律，意象鮮明飽滿，情感明朗愉悅，語言自然瑰麗，因此特以「豐贍秀麗」〔註 71〕四字涵括風格之美。

七律從沈、宋、王、李〔註 72〕手中確立「高華秀贍」之本色，而後歷經中、晚唐的演變，至宋代已是別具面貌。宋代詩人極欲擺脫前代影響，務求創意造語，因此崇尚瘦硬枯淡之美。陸游則擺脫宋代詩壇的影響，直承盛唐綺麗奔放的美學精神。陸詩以豐贍秀麗回歸七律本色，並非只是單純的模擬，而是有意識地繼承唐代審美標準，以之觀照周遭的自然萬物，因此格外具有活潑躍動的生命情趣，非一般仿古之作所能迄及。

陸詩豐贍秀麗之風，在入蜀前已有充分的表現。比如：

桑間葚熟麥齊腰，鶯語惺惚野雉驕。

日薄人家曬蠶子，雨餘山客買魚苗。

豐年隨處俱堪樂，行路終然不自聊。

獨喜此身強健在，又搖團扇著絺蕉。〔註 73〕

〔註 68〕劉辰翁：《精選陸放翁詩集評語》，〈同何元立賞荷花懷鏡湖舊游〉尾批。轉引自孔凡禮、齊治平編：《陸游資料彙編》（北京市：中華書局，2006 年 8 月），頁 64。

〔註 69〕方回：《桐江續集》，卷八，〈讀張功父南湖集並序〉。轉引自孔凡禮、齊治平編：《陸游資料彙編》（北京市：中華書局，2006 年 8 月），頁 80。

〔註 70〕李致洙：《陸游詩研究》第六章（臺北市：文史哲出版社，1991 年 9 月），頁 331。

〔註 71〕豐贍，有豐富饒多之意，代表此類作品意象飽滿，富有生命情趣。秀麗，為秀雅清麗之意。陸游此類作品以描寫自然景物為主，語言不但工麗，而且自然，故以「秀麗」取代「工麗」，更能詮釋風格之美。

〔註 72〕沈佺期、宋之問、王維、李頎四人，詳見第三章第一節〈七律發展概論〉。

〔註 73〕陸游：《詩稿校注》，冊一，卷一〈初夏道中〉，頁 98。

　　莫笑農家臘酒渾，豐年留客足雞豚。

　　山重水複疑無路，柳暗花明又一村。

　　簫鼓追隨春社近，衣冠簡朴古風存。

　　從今若許閒乘月，拄杖無時夜叩門。〔註74〕

　　老夫一臥三山下，兩見城門送土牛。

　　貧舍春盤還草草，暮年心事轉悠悠。

　　湖光漲綠分煙浦，柳色搖金映市樓。

　　藥餌及時身尚健，無風無雨且閒遊。〔註75〕

以上三首皆寫鄉村的尋常景物，但在陸游筆下卻情趣盎然，不僅景色
秀麗宜人，更見人情的豐厚醇美，可知陸詩寫景狀物的造詣，以及風
格之豐贍秀麗，早年就已達到圓熟境界。因此入蜀後，此一詩風的發
展，主要在於融入蜀地的風光景物，因此與前述「悲鬱沉雄」、「蕭瑟
曠蕩」相較，入蜀以後並非境界的提升，而是變得更加豐富多彩。

　　蜀中七律之豐贍秀麗，第一個表現就在於地理景觀。例如：

　　不肯爬沙桂樹邊，朵頤千古向巖前。

　　巴東峽里最初峽，天下泉中第四泉。

　　齧雪飲冰疑換骨，掬珠弄玉可忘年。

　　清游自笑何曾足，疊鼓鼕鼕又解船。〔註76〕

　　出郭幽尋一笑新，徑呼艇子截煙津。

　　不辭疾步登重閣，聊欲今生識偉人。

　　泉鏡正涵螺髻綠，浪花不犯寶趺塵。

　　始知神力無窮盡，丈六黃金果小身。〔註77〕

　　萬瓦如鱗百尺梯，遙看突兀與雲齊。

　　寶簾風定燈相射，綺陌塵香馬不嘶。

　　星隕半空天宇靜，蓮生陸地客心迷。

〔註74〕陸游：《詩稿校注》，冊一，卷一〈遊山西村〉，頁102。

〔註75〕陸游：《詩稿校注》，冊一，卷二〈春日〉，頁124。

〔註76〕陸游：《詩稿校注》，冊一，卷二〈蝦蟆碚〉，頁164。

〔註77〕陸游：《詩稿校注》，冊一，卷四〈謁凌雲大像〉，頁313。

　　歸途細踏槐陰月，家在花行更向西。〔註78〕

第一首描寫夷陵縣蝦蟆碚這處天然奇景，陸游用擬人的筆觸，將蝦蟆背山臨江，口懸清泉的景象描寫的奇幻秀麗、逸趣橫生。

　　第二首描述嘉州凌雲大像，也就是舉世聞名的樂山大佛，此詩一動一靜，前半節奏明快，愜意之情躍然紙上；後半景象壯麗，極盡彌勒寶相之莊嚴雄偉，全詩將信仰、藝術與自然之美融為一體，相當瑰瑋宏麗。

　　第三首描寫成都大聖慈寺入夜後的璀璨燈景，首聯兼用當句對與誇飾法，勾勒出寺院建築之雄闊壯麗；頷聯則拉近距離，描寫珠簾燈具之燦爛與遊人往來之鼎盛；頸、尾兩聯則從繁華的場景抽離，轉而描寫歸途所見的夜景。全詩鬧中取靜，濃淡有致，別具一種綿密流麗的動人情韻。

　　四川盆地位在太平洋、印度洋之間，屬溫暖濕潤的亞熱帶季風氣候。陸游久居蜀地，清麗的雨景自然也納入詩歌的材料。

　　揮汗驅蚊廢夜眠，清晨一雨便脩然。
　　涼生池閣衣巾爽，潤入園林草木鮮。
　　青蒻雲腴開鬭茗，翠甖玉液取寒泉。
　　飯餘一枕華胥夢，不怪門生笑腹便。〔註79〕

　　野水交流自滿畦，芳池新漲恰平堤。
　　花藏密葉多時在，鶯占高枝盡日啼。
　　繡袂寶裙催結束，金尊翠杓共提攜。
　　白頭自喜能狂在，笑裛蠻牋落醉題。〔註80〕

　　映空初作繭絲微，掠地俄成箭鏃飛。
　　紙帳光遲饒曉夢，銅爐香潤覆春衣。
　　池魚鱍鱍隨溝出，梁燕翩翩接翅歸。

〔註78〕陸游：《詩稿校注》，冊二，卷六〈天中節前三日大聖慈寺華嚴閣燃燈甚盛游人過於元夕〉，頁514。
〔註79〕陸游：《詩稿校注》，冊一，卷五〈晨雨〉，頁401。
〔註80〕陸游：《詩稿校注》，冊一，卷五〈雨後集湖上〉，頁402。

惟有落花吹不去，數枝紅濕自相依。〔註81〕

第一首描寫晨雨，經過徹夜悶熱難眠的折騰，晨間的雨水頓時洗刷所有的煩躁不適。陸游重拾悠然自若的心情，閒步、汲水、烹茶、用膳、補眠，因為雨水的滋潤，生活的一切都充滿詩意。

第二首描寫湖邊雨景，首聯即用對仗勾勒出雨後豐滿潤澤的全景，頷聯、頸聯、尾聯由外而內，續寫物、人、我的種種情態，將天降甘霖的喜悅交流匯聚，融入湖景。

第三首也用三聯對仗，意象豐富工麗且生機盎然。首聯先用流水對帶出雨絲輕快的躍動感；頷聯將場景移入室內，光影柔和、薰香瀰漫，與首聯正好形成一快一慢的鮮明對比；頸聯再由居室轉向園庭，巧用疊字對捕捉游魚、飛燕的活潑動態；尾聯更細膩描繪出花卉在風雨中瑟縮的嬌弱感。陸游寫景往往將自我形象涵蓋於內，〔註82〕此詩卻難得全用景語，自然優美、秀麗如畫，已臻王國維所言之「無我之境」。〔註83〕

陸詩之富贍秀麗還表現在兩個相近體裁：一是詠花，一是遊園。以下分別列舉數首：

家是江南友是蘭，水邊月底怯新寒。
畫圖省識驚春早，玉笛孤吹怨夜殘。
冷淡合教閒處著，清臞難遣俗人看。
相逢剩作樽前恨，索笑情懷老漸闌。〔註84〕

誰道名花獨故宮，東城盛麗足爭雄。
橫陳錦障闌干外，盡吸紅雲酒醆中。
貪看不辭持夜燭，倚狂直欲擅春風。

〔註81〕陸游：《詩稿校注》，冊二，卷七〈雨〉，頁550。

〔註82〕相關論述，請參閱論文第三章第三節〈寫景主題〉。

〔註83〕王國維：《校注人間詞話》（臺北縣：頂淵文化事業公司，2007年8月），頁1。「有有我之境，有無我之境。……有我之境，以我觀物，故物皆著我之色彩。無我之境，以物觀物，故不知何者為我，何者為物。」

〔註84〕陸游：《詩稿校注》，冊一，卷三〈梅花〉，頁284。

拾遺舊詠悲零落，瘦損腰圍擬未工。〔註85〕

久客紅塵不自憐，眼明初見廣寒仙。
只饒籬菊同時出，尚占江梅一著先。
重露濕香幽徑曉，斜陽烘蕊小窗妍。
何人更與蒸沉水，金鴨華燈惱醉眠。〔註86〕

稅駕名園半日留，游絲飛蝶晚悠悠。
驟暄不爲海棠計，長晝只添鸚鵡愁。
老去自驚詩酒減，客中偏覺歲時遒。
東風好爲吹歸夢，著我松江弄釣舟。〔註87〕

馬上哦詩畫醉鞭，東城南陌去翩翩。
微風蹙水魚鱗浪，薄日烘雲卵色天。
隔屋鳩鳴閒院落，爭門花簇小輜軿。
病來久已疏杯酌，春物撩人又破禪。〔註88〕

少年結騎厭追歡，漸老方知一笑難。
邂逅偶能成千醉，登臨未覺怕春寒。
高林橫靄丹青幅，亂蝶爭花錦繡團。
滿眼風光索彈壓，酒杯須似蜀江寬。〔註89〕

上列所舉，前三首爲詠梅花、海棠、木犀之作，後三首爲遊園賞花之作。〔註90〕這兩類作品皆以詠花爲主要內容，寫景狀物皆自然工麗、饒富情趣。但仔細品味，兩者情調卻略有不同，詠花詩專注描繪特定花種的外部形態與內在神韻，以作者的審美觀照爲旨趣；遊園詩則除景物的描繪外，蘊含更多身世之感，因此在秀麗當中又略帶幾分蕭

〔註85〕陸游：《詩稿校注》，冊一，卷三〈海棠〉，頁295。
〔註86〕陸游：《詩稿校注》，冊一，卷四〈嘉陽絕無木犀偶得一枝戲作〉，頁350。
〔註87〕陸游：《詩稿校注》，冊二，卷六〈春晴暄甚遊西市施家園〉，頁537。
〔註88〕陸游：《詩稿校注》，冊二，卷八〈東門外遍歷諸園及僧院觀遊人之盛〉，頁634。
〔註89〕陸游：《詩稿校注》，冊二，卷八〈小飲趙園〉，頁639。
〔註90〕這三首詩皆作於成都，陸游造訪處有施家園、合江園、趙園等等。

瑟，情思更加綿延曲折。

　　值得注意的是，陸詩富贍秀麗之風，直到離開南鄭之後才有較多的表現。這當與其心境有密切關聯。南鄭以前，陸游思慮多在恢復之事，滿腔熱情挹注詩歌的結果，就是促進「悲鬱沉雄」、「蕭瑟曠蕩」兩種詩風的蛻變；南鄭之後，朝廷主和勢成，陸游失去奮鬥的戰場，精神生活反而獲得餘裕，創作更注意性靈的抒發，詩風因此也朝向多元發展。

第四節　清淡圓潤

　　陸詩另外還有一種重要的藝術風格，姜夔稱爲：「俊逸。」〔註91〕陳瑚謂之：「閒雅。」〔註92〕紀昀曰：「清圓可誦。」〔註93〕近代學者錢仲聯、李致洙、宋邦珍對此種風格看法相近，分別標舉爲「清新圓潤」〔註94〕、「清淡圓潤」〔註95〕、「清麗圓潤」〔註96〕，三者僅一字之差。錢、宋二氏所言之「新」與「麗」，係指詩中意象之新奇瑰麗，與前節所言之富贍秀麗交集較大；李氏所言之「淡」，係指詩中情念之恬淡寡欲，更能彰顯此種風格之內涵，因此本節採李氏「清淡圓潤」之說。

　　陸詩之「清淡圓潤」與「豐贍秀麗」有四個共同點：一、皆源自詩人的審美品味與藝術涵養；二、皆以寫景狀物爲主要內容；三、語

〔註91〕姜夔：《白石道人詩集》卷首。轉引自孔凡禮、齊治平編：《陸游資
　　　　料彙編》（北京市：中華書局，2006年8月），頁28。
〔註92〕陳瑚：《陳確庵先生遺書》卷六。轉引自孔凡禮、齊治平編：《陸游
　　　　資料彙編》（北京市：中華書局，2006年8月），頁138。
〔註93〕方回：《瀛奎律髓——附馮班、馮舒、紀昀、何焯評》卷十二。轉引
　　　　自孔凡禮、齊治平編：《陸游資料彙編》（北京市：中華書局，2006
　　　　年8月），頁89。
〔註94〕陸游：《詩稿校注》，冊一，卷一〈前言〉，頁6。
〔註95〕李致洙：《陸游詩研究》第六章（臺北市：文史哲出版社，1991年9
　　　　月），頁328。
〔註96〕宋邦珍：《陸游詩歌研究》高雄師範大學國文學系博士論文，1990年，
　　　　頁242。

言皆朗朗可誦、清麗豐潤；四、發展歷程相近，皆在離開南鄭之後有較多表現。

　　兩種風格雖有以上共通之處，但既然能獨立成篇，必然具有重要分歧。「清淡圓潤」與「豐贍秀麗」主要的差異就在於：一、前者所涵蓋的體裁較廣泛，後者主要表現在七律；二、同樣寫情狀物，前者主要以日常生活為內容，後者則較偏向特殊審美經驗；三、前者繼承杜詩「平易曉暢」的特點，後者則是沈、宋「高華秀贍」的新變。四、前者以人為主，重視由外而內、回歸真我。後者以物為主，注重由內而外的觀照與投射。

　　陸詩清淡圓潤之風，主要表現在田園閒適的作品。田園詩，樸實恬淡；七言律，工整華麗，兩者之間差異頗大。陸游卻能匠心獨具，調合出自然流麗之美。陸游早期有些七律已展現出清淡圓潤的風格。比如：

> 小住初為旬月期，二年留滯未應非。
> 尋碑野寺雲生屨，送客溪橋雪滿衣。
> 親滌硯池餘墨漬，臥看爐面散煙霏。
> 他年遊宦應無此，早買漁蓑未老歸。〔註97〕
>
> 臺省諸公日造朝，放慵別駕媿逍遙。
> 州如斗大真無事，日抵年長未易消。
> 午坐焚香常寂寂，晨興署字亦寥寥。
> 時平更喜戈船靜，閒看城邊帶雨潮。〔註98〕
>
> 雨餘溪水掠堤平，閒看村童謝晚晴。
> 竹馬踉蹌衝淖去，紙鳶跋扈挾風鳴。
> 三冬暫就儒生學，千耦還從父老耕。
> 識字粗堪供賦役，不須辛苦慕公卿。〔註99〕

第一首為雲門山草堂讀書所作，詩中流露出一種志在匡國濟世、心羨

〔註97〕陸游：《詩稿校注》，冊一，卷一〈留題雲門草堂〉，頁22。
〔註98〕陸游：《詩稿校注》，冊一，卷一〈逍遙〉，頁74。
〔註99〕陸游：《詩稿校注》，冊一，卷一〈觀村童戲溪上〉，頁103。

農樵漁隱的儒者情懷；第二首爲鎮江通判時所作，陸游遠離權力核心，沉澱心靈後反得逍遙之樂；第三首寫於故鄉山陰，詩人佇足溪邊，笑看村童戲水，天眞活潑的模樣讓他嚮往起農村的簡樸生活。

　　以上三首無論出仕退隱，皆透露出陸游不慕榮利的高尚情志，透過詩人澄澈寡欲的詩眼，野寺、溪橋、漁蓑、雨潮、硯臺、香爐、竹馬、紙鳶等等物態、景象都顯得清新朗潤、饒富逸趣。

　　與「豐贍秀麗」發展歷程相似，陸游蜀中七律「清淡圓潤」的風格也是在南鄭之後才獲得較多表現。隨著年歲的增長、見識的累積，清淡圓潤之風在入蜀後，有兩個層面的提升：一、對於生活美學的領略更爲親切感人。二、對於生命哲理的體悟更加圓融飽滿。以下列舉〈卜居〉二首：

> 歷盡人間行路難，老來要覓數年閑。
> 供家米少因添鶴，買宅錢多爲見山。
> 池面紋生風細細，花根土潤雨斑斑。
> 借春乞火依鄰里，剩釀村醪約往還。〔註100〕
>
> 南浮七澤弔沉湘，西泝三巴掠夜郎。
> 自信前緣與人薄，每求寬地寄吾狂。
> 雪山水作中泠味，蒙頂茶如正焙香。
> 儻有把茅端可老，不須辛苦念還鄉。〔註101〕

第一首首聯先以「歷盡人間行路難」慨歎此生的坎坷漂泊，再以「老來要覓數年閑」吐露人到暮年的心願。頷聯鶴、山與米、錢相對，重雅輕俗、胸襟不凡，此聯語言平易、意象高遠，是千古傳頌的名對。頸聯描寫微風送爽、細雨潤花的景致，詩人用細膩的筆觸刻劃平凡的景象，帶給讀者一種靜觀自得之美。尾聯則描述詩人與鄰里的緊密且殷切的互動，將卜居之樂歸結在里仁之美。

　　第二首呼應前作，首聯連用四個地名當句自對，是「歷盡人間行

〔註100〕陸游：《詩稿校注》，冊二，卷七〈卜居〉其一，頁558。
〔註101〕陸游：《詩稿校注》，冊二，卷七〈卜居〉其二，頁558。

路難」的最佳注解。頷聯抒情詠懷，「前緣與人薄」、「寬地寄吾狂」之語，正揭示「卜居」並非只是單純尋覓住所，更是尋求一個讓性靈舒展的空間。頸聯將雪山水與中泠泉視爲一味，將蒙頂茶與龍焙茶作爲一談，正象徵詩人下馬爲家、隨遇而安的開闊心境。尾聯更繼而宣示只要肯勞動，何處不可安居樂業的覺悟。

　　以上兩首聯章七律，前者歌詠人情的淳良美善，後者展現作者的樂觀豁達。合併觀之，讓卜居的寓意更爲含蘊豐厚。再如：

　　　　借鋤鈃藥喜微香，汲井澆花趁晚涼。
　　　　胸次何曾橫一物，尊前尚欲笑千場。
　　　　錦江秋雨芙蓉老，笠澤春風杜若芳。
　　　　歸去自佳留亦樂，夢中何處是吾鄉？〔註102〕

　　　　柴門雖設不曾開，爲怕人行損綠苔。
　　　　妍日漸催春意動，好風時卷市聲來。
　　　　學經妻問生疏字，嘗酒兒斟澂灎杯。
　　　　安得小園寬半畝，黃梅綠李一時栽。〔註103〕

以上兩首可視爲陸游日常生活的剪影，詩人斫藥澆花、栽梅種李、誦經解字、吟酒賦詩，平淡樸實的敘述卻隱然有任眞自得的人生態度。詩中沒有名山大川、亭臺樓閣、清泉巧石、奇花異卉，陸游從尋常可見的景物、簡單樸素的生活中領略到溫潤豐沛的生命情趣。陸游常期留滯巴蜀，歸耕心願無法實現，折衷的辦法就是時常造訪寺院、茹素齋戒，與僧人一起飲食勞動。

　　　　身墮黃塵每慨然，攜兒蕭散亦前緣。
　　　　聊憑方外巾盂淨，一洗人間七箸羶。
　　　　靜院春風傳浴鼓，畫廊晚雨濕茶煙。
　　　　潛光寮裡明窗下，借我消搖過十年。〔註104〕

　　　　簾雨雲低未放晴，閉門作病憶閑行。

〔註102〕陸游：《詩稿校注》，冊二，卷七〈幽居晚興〉，頁574。
〔註103〕陸游：《詩稿校注》，冊二，卷九〈閒意〉，頁729。
〔註104〕陸游：《詩稿校注》，冊二，卷七〈飯昭覺寺抵暮乃歸〉，頁555。

攝衣丈室參耆宿，曳杖長廊喚弟兄。
飽飯即知吾事了，免官初覺此身輕。
歸來更欲誇妻子，學煮雲堂芋糝羹。〔註105〕

堂靜僧閑普請疏，爐紅氈暖放參餘。
蓮花池上容投社，椰子身中悔著書。
茶試趙坡如潑乳，芋來犀浦可專車。
放翁一飽眞無事，擬伴園頭日把鋤。〔註106〕

第一首作於成都昭覺寺，這時陸游尙有官職在身，假日經常前往靜修。詩中直陳流連昭覺寺的原由：想要拋開俗務煩惱，效法僧侶的恬淡清靜。尾聯前後呼應，透露出欲借宿精舍、逍遙度日的心願。

第二首所提的保福院，隸屬成都大慈寺，也是陸游時常造訪的一處禪院。陸游免官後更有餘裕盤桓僧院，實踐清心寡慾的簡單生活。尾聯「學煮雲堂芋糝羹」之語，更代表這種樸素的生活方式並非僅止於僧舍，而是整體的人生態度。

第三首同樣作於保福院，首聯將僧侶普請勞動、放參坐禪，巧妙組成對仗，突顯出寺廟生活的平穩與規律。頷聯善用佛典，頸聯巧施地名，蓮花、椰子、趙坡茶、犀浦芋紛踏而出，意象鮮活生動。尾聯「擬伴園頭日把鋤」之語親切率眞，可想見詩人挽起袖口，與僧眾一起除草澆灌的辛勤模樣。

上舉三首雖作於禪院僧舍，與佛教淵源甚深，但既無艱澀玄奧的宗教思想，亦無平淡寡味、缺乏形象之弊。攜兒參佛、清洗匕箸、拜訪長老、曳杖閑步、學煮糝羹、普請勞動、放免晚參、菜園把鋤，一幅幅傳神的動態寫眞不時穿梭在字裡行間，而崇尚簡樸、樂天知命的生活哲理盡在其中。

總括而言，陸游蜀中七律主要風格有悲鬱沉雄、蕭瑟曠蕩、豐贍秀麗，以及清淡圓潤四種。這四種風格不僅顯示出陸詩的大家風範，

〔註105〕陸游：《詩稿校注》，冊二，卷七〈飯保福〉，頁575。
〔註106〕陸游：《詩稿校注》，冊二，卷八〈晚過保福〉，頁626。

合併觀之更可體察到詩人整體的精神風貌。

　　「悲鬱沉雄」是陸游七律的首要風格，它反映出憂國憂時的志士之心；「蕭瑟曠蕩」則是詩人面對生命困境的抒放與超越；「豐贍秀麗」展現的是個人的審美觀照與藝術傾向；「清淡圓潤」則是藝術與人生結合，一種反璞歸真的內在探索。四種藝術風格看似迥異，其實恰好聯結成一種正統儒家的思維網絡：有為有守、用行舍藏。

　　陸游蜀中七律汪洋閎肆，既繼承杜甫之沉鬱，又兼融王、李之秀贍，〔註107〕蘇軾之高曠；此外更獨樹雄健一格。舒位推其為：「七律之集大成者」，〔註108〕誠非過譽。

〔註107〕王、李，係指盛唐詩人王維、李頎。
〔註108〕舒位：《瓶水齋詩集》，卷十五。轉引自孔凡禮、齊治平編：《陸游資料彙編》（北京市：中華書局，2006年8月），頁328。

第六章　陸游在七律發展史上的定位

　　中國古典詩歌特別講究聲律之美，經由歷代詩人的創作實踐與語言學家的歸納分析，漸漸從韻出天然的古詩發展出新的詩歌體裁。新體詩講究聲律對偶，注重文字音樂的形式美，經過魏晉以降詩人的反覆推敲、南朝永明體的過渡，終於在初唐杜審言、李嶠、宋之問、沈佺期之間完成近體詩的定型，確定一套具有推導作用的聲律法則，因此又稱律詩。

　　律詩主要有五律、七律、五絕、七絕四類，其它還有六言、排律等特殊體裁。明代胡應麟嘗謂：「五言律宮商甫協，節奏未舒；至七言律，暢達悠揚，紆徐委折。而近體之妙始窮。」〔註1〕又言：「近體之難，莫難於七言律。五十六字之中，意若貫珠，言如合璧。其貫珠也，如夜光走盤，而不失迴旋曲折之妙；其合璧也，如玉匣有蓋，而絕無參差扭捏之痕。」〔註2〕

　　清人沈德潛曾言：「七言律平敘易於徑遂，雕鏤失之佻巧，比五言為尤難。貴屬對穩，貴遣事切，貴捶字老，貴結響高，而總歸於血脈動盪，首尾渾成。」〔註3〕

〔註1〕胡應麟：《詩藪》（北京市：中華書局，1958年），頁78。
〔註2〕胡應麟：《詩藪》（北京市：中華書局，1958年），頁79。
〔註3〕沈德潛：《說詩晬語》上卷《清詩話》下冊（臺北市：藝文印書館，

　　清人方東樹也說：「世之文士，無人不作詩，無詩不七律。……不知詩之諸體，七律爲最難，尚在七言古詩之上。何則？七古以才氣爲主，而馳驟疾徐、短長高下，任我之意，以爲起訖。七律束於八句之中，以短篇而須具縱橫奇恣、開闔陰陽之勢，而又必起結轉折章法、規矩井然，所以爲難。」〔註4〕

　　綜合上列諸家所論，古典詩歌中當以七律限制最嚴格、形式最精緻、辭藻最工麗、聲調最悠揚。格律詩體制至此已臻完善，故後世變爲長短句，轉向詞、曲發展。以下簡述唐宋之間七律發展概況：

第一節　唐代七律發展概況

一、初唐

　　七律的發軔可溯源至南朝庾信的〈烏夜啼〉，此詩七言八句，聲調鏗然，有三組對仗，四、八以外皆爲律句，大致具備七律雛形。但七律形式的確立則要到初唐沈、宋之時。沈佺期、宋之問是武則天時期的臺閣詩人，與大多數宮廷詩人一樣，其創作內容多侷限於應制、酬唱、贈別、詠物等歌頌太平、標榜風雅的題材，缺乏嚴肅生命意義。但優渥閒適的館閣歲月卻提供他們琢磨詩藝的良好機會，在詩律方面精研深究，將黏對律擴展全篇，制訂出聲韻和諧的七律形式。〔註5〕

　　胡應麟言：「七言律濫觴沈、宋，其時遠襲六朝，近沿四傑，故體裁明密、聲調高華，而神情興會、縟而未暢。」〔註6〕七律在沈、宋手中定形，內容多宮廷應制之作，辭采華麗、聲韻流轉，其後蘇頲、

　　　　1971 年 10 月），頁 13。

〔註4〕方東樹：《昭昧詹言》卷十四（臺北市：廣文書局，1962 年 8 月），頁 1。

〔註5〕袁行霈：《中國文學史》上冊（臺北市：五南書局，2003 年 10 月），頁 597～598。

〔註6〕胡應麟：《詩藪》（北京市：中華書局，1958 年），頁 79。

張說延續沈、宋七律的整練華贍，初唐詩人雖未脫齊梁綺靡之風，但基本上確立「高華秀贍」的七律本色。

二、盛唐

　　七律發展至盛唐出現明顯的變化，在題材上突破宮庭應制、分題吟詠的窠臼，擴展到寄贈、送別、尋訪、飲酒、羈旅、登臨、懷古、山水、邊塞等諸多領域；在風格上則一分為三：王維、李頎、高適、岑參繼承沈、宋詩風，將七律本色推向藝術高峰；崔顥、李白趨向復古，以樂府、歌行筆法作七律；杜甫正中有變、開創雄渾頓挫、淺近通俗、拗峭健拔三種詩風，擴大七律的藝術表現力。〔註7〕以下分別敘述：

　　杜甫之前，七律藝術成就最高者首推王維。姚鼐云：「右丞七律能備三十二相，而意興超遠，有雖對榮觀、燕處超然之意，宜獨冠盛唐諸公。」〔註8〕摩詰詩興象超遠、高華莊重，其七律除宏贍雄麗外，亦有清空淡泊、閑靜秀雅等風格。王維將沈、宋所開創的應制七律，提升到空前絕後的高度。

　　李頎七律與王維並稱，李攀龍曾謂：「七言律體，諸家所難，王維、李頎頗致其妙。」〔註9〕陸時雍則云：「李頎七律，詩格清煉，復流利可誦，是摩詰以下第一人。」〔註10〕七律至王維、李頎時突破應制詩的窠臼，擺脫宮廷陋習。當時律詩尚在發展階段，常有平仄不和、使用復字等出律犯拗的現象，李頎詩卻能篇篇合律、聲調流暢，雖然雄渾富麗不及王維，但音調清朗、氣韻穩順，興象高遠處不讓

〔註7〕孫琴安：《唐七律詩精評》，〈自序〉（上海市：上海社會科學院，1989年），頁4。

〔註8〕姚鼐：《五七言今體詩鈔》轉引自《唐七律詩精評》（上海市：上海社會科學院，1989年），頁30。

〔註9〕李攀龍：《唐詩選》轉引自《唐七律詩精評》（上海市：上海社會科學院，1989年），頁23。

〔註10〕陸時雍：《唐詩鏡》轉引自《唐七律詩精評》（上海市：上海社會科學院，1989年），頁23。

摩詰。

胡應麟云：「王、岑、高、李，世稱正鵠。」﹝註11﹞許學夷謂：「高、岑、王、李諸公，七言律體多渾圓，語多活潑，而氣象風格自在。」﹝註12﹞盛唐七律中，與王、李風格相近的還有高適、岑參兩家，四人同列七律正宗。高、岑兩人皆曾戍守邊陲，以慷慨瑰瑋的邊塞詩留名千古。在七律上則收斂颯爽英氣，轉而呈現秀贍流利的風格情調。比較兩人七律，高詩語意天成、神韻悠揚；岑詩文采斐然、高華富麗，各擅勝場。

王、李、高、岑將七律高華秀贍的風格推向極致，崔顥則另闢蹊徑，以歌行體入律，發展出一種亦古亦律、大巧若拙的詩歌結構。﹝註13﹞許學夷言：「崔顥七言律，雖皆匠心，然體制聲調，靡不合於天成，所謂從心所欲，不逾矩是也。」﹝註14﹞崔顥〈黃鶴樓〉被嚴羽推崇為唐七律壓卷之作，此詩雖為律詩變體，對偶、平仄頗多不合，但氣象磅礴、渾若天成，堪為千古絕唱，直接影響李白作〈登金陵鳳凰臺〉。

李白是最能代表盛唐風采的浪漫派詩人，其詩歌發興無端、變幻莫測，具有強烈主觀抒情色彩。李白秉性壯浪縱恣，不喜被格律束縛，即使偶為七律，亦時出古意、不拘常調。趙翼評其七律：「蓋才氣豪邁，全以神運，自不屑束縛於格律對偶，與雕繪者爭長。然有對偶處，仍自工麗，且工麗中別有一種英爽之氣，溢出行墨之外。」﹝註15﹞崔顥、李白志在復古，所作七律雖非正體，但對後來七律題材、風格的開拓，具有特殊貢獻。

﹝註11﹞ 胡應麟：《詩藪》（北京市：中華書局，1958 年），頁 80。
﹝註12﹞ 許學夷：《詩源辨體》轉引自《唐七律詩精評》（上海市：上海社會科學院，1989 年），頁 40。
﹝註13﹞ 袁行霈：《中國文學史》上冊（臺北市：五南書局，2003 年），頁 626。
﹝註14﹞ 許學夷：《詩源辨體》轉引自《唐七律詩精評》（上海市：上海社會科學院，1989 年），頁 17。
﹝註15﹞ 趙翼：《甌北詩話》轉引自《唐七律詩精評》（上海市：上海社會科學院，1989 年），頁 53。

　　崔、李擺脫格律束縛，以古體行律，雖別開生面，賦予七律清剛俊爽之氣。但直到杜甫才真正突破傳統，將七律體裁發揚光大。胡應麟云：「近體盛唐至矣。充實輝光，種種備美。所少者曰大、曰化耳。故能事必老杜而後極。杜公諸作，真所謂正中有變，大而能化者。」〔註16〕唐律詩體制雖是由沈、宋確立，但真正將這種詩歌藝術運用自如、出神入化的，還是首推杜甫。

　　姚鼐云：「杜公七律，含天地之元氣，包古今之正變，不可以律縛，亦不可以盛唐限者。」〔註17〕管世銘云：「七言律詩，至杜工部而曲盡其變。蓋昔人多以自在流行出之，作者獨加以沉鬱頓挫。其氣盛，其言昌，格法、句法、字法、章法，無美不備，無奇不臻，橫絕古今，莫能兩大。」〔註18〕杜甫被後世尊為「七言律聖」，〔註19〕其在七律的成就主要有五：一、開拓題材內容，詩料無所不入；二、採取組詩形式，擴大七律承載容量；三、對仗爐火純青，甚有八句皆對者；四、聲律駕馭自如，進而變化拗體；五、精於鍛字煉句，旁人一字難改。

　　杜甫七律影響後世深遠，其後大家無不向杜詩學習。清人施補華曾謂：「少陵七律，無才不有，無法不備。義山學之，得其濃厚；東坡學之，得其流轉；山谷學之，得其奧峭；遺山學之，得其蒼鬱；明七子學之，佳者得其高亮雄奇，劣者得其空廓。」〔註20〕七律至杜甫手中縱橫開展、涵蓋宇宙、盡得古今之變，其風格啟益後人者有三：一、雄渾蒼健者，如楊巨源、劉禹錫、李商隱、陸游、元好問等；二、

〔註16〕胡應麟：《詩藪》（北京市：中華書局，1958年），頁86。
〔註17〕姚鼐：《五七言今體詩抄》轉引自《唐七律詩精評》（上海市：上海社會科學院，1989年），頁62。
〔註18〕管世銘：《讀雪山房唐詩抄》轉引自《唐七律詩精評》（上海市：上海社會科學院，1989年），頁62。
〔註19〕葉慶炳：《中國文學史》上冊（臺北市：臺灣學生書局，1987年8月），頁378。
〔註20〕施補華：《峴傭說詩》轉引自《唐七律詩精評》（上海市：上海社會科學院，1989年），頁63。

淺顯通俗者；如元稹、白居易、李山甫、杜荀鶴等；三、拗峭健拔者，如杜牧、許渾、黃庭堅、陳師道等。〔註21〕杜詩博大精深、百美具備，其七律成就更達到藝術顛峰。

三、中唐

安史之亂以後，大唐帝國從極盛走向衰落，盛唐詩歌昂揚進取的基調也轉變爲大曆詩風的寧靜澹泊。中唐初期詩壇追求清幽高遠的情調，導致杜甫所開創的七律藝術未能得到良好繼承。劉長卿閑雅清麗、錢起秀贍華美、韓翃清淺流暢、司空曙溫婉潤澤，大曆詩人所作七律大致回歸「高華秀贍」的王、李一派。

唐七律在大曆年間一度消沉，直到憲宗元和年間元、白詩派崛起，再度蓬勃發展。元稹、白居易推崇杜甫的寫實精神，強調詩歌的社會功能，因此在七律創作上延續杜詩淺近風格。雖然導致「滑易」之譏，但語言活潑生動、情感真摯淳厚，對蘇軾、陸游影響頗大。

楊巨源與劉禹錫則繼承杜詩之雄健，李重華云：「余謂七律法至於子美而備，筆力至子美而極，後此如楊巨源、劉夢得甚有工夫。」〔註22〕元、白專學杜詩的淺俗近情，氣格較弱。楊巨源則從新樂府運動突圍，其七律筆力強健、風骨遒勁，藝術成就還在元、白之上。

劉禹錫素有「詩豪」之稱，七律風格近似於楊，而更加沉雄豪放。其懷古諸作，沉鬱雄渾、蒼涼悲壯，尤以〈西塞山懷古〉堪稱中唐絕唱。查慎行云：「陸放翁七律全學劉賓客。」〔註23〕姚鼐也說：「東坡天才，有不可思議處，其七律只用夢得、香山格調。」〔註24〕由此可

〔註21〕孫琴安：《唐七律詩精評》（上海市：上海社會科學院，1989年），頁64。
〔註22〕李重華：《貞一齋詩說》轉引自《唐七律詩精評》（上海市：上海社會科學院，1989年），頁214。
〔註23〕查慎行：《初白庵詩評》轉引自《唐七律詩精評》（上海市：上海社會科學院，1989年），頁214。
〔註24〕姚鼐：《五七言今體詩抄》轉引自《唐七律詩精評》（上海市：上海

見劉禹錫在杜詩雄健一派，具有承先啓後的關健作用。

四、晚唐

　　七律至元、白以後，詩風偏於柔靡。杜甫雄渾蒼健的風格重新獲得重視，代表性詩人有杜牧、李商隱、許渾、溫庭筠等人。杜牧不滿當時詩壇傾向穠麗纖巧，其七律特寓拗體，藉此矯正晚唐詩風，形成一種俊爽峭健的風格。

　　李商隱七律成就更高，堪稱杜甫之後第一人。管世銘云：「善學少陵七言律，終唐之世，唯李義山一人，胎息在神骨之間，不在形貌。」〔註25〕李商隱七律內容廣泛、風格亦多，在藝術層面所達到的渾融境界足以與杜詩輝映。曹毓德云：「李義山善學少陵，由其素懷忠義，沉淪幕僚，遭際亦相似，故其沉鬱蒼勁處，胎化直在神骨間。」〔註26〕

　　李商隱不但在風格、境界上紹承杜甫，其七律最大成就還是諸如〈無題〉、〈錦瑟〉的抒情詩。李商隱善於將內心矛盾惆悵的複雜情感，轉化為朦朧瑰麗的詩歌意象，對主觀心靈世界作出前所未有的探索。故能熔王維之富麗與杜甫之沉鬱為一爐，發展出淒艷迷離、哀婉動人的新詩風。

　　晚唐七律除李商隱、杜牧外，當推溫庭筠、許渾。溫庭筠被視為花間鼻祖，其七律言情者清麗秀潤，格韻比詞調更為清拔。溫詩主要成就在詠史抒懷諸作，方南堂評其：「七律唯〈蘇武廟〉、〈五丈原〉可與義山、樊川比肩。」〔註27〕詩中懷古傷今之情，沉鬱蒼茫處不讓義山。許渾七律主要有兩種風格，雄渾豪壯者偏於粗；秀贍細密者失

社會科學院，1989 年），頁 214。

〔註25〕管世銘：《讀雪山房唐詩抄‧七律凡例》轉引自《唐七律詩精評》（上海市：上海社會科學院，1989 年），頁 270。

〔註26〕曹毓德：《唐七律詩抄》轉引自《唐七律詩精評》（上海市：上海社會科學院，1989 年），頁 270。

〔註27〕方南堂：《輟鍛錄》轉引自《唐七律詩精評》（上海市：上海社會科學院，1989 年），頁 321。

於弱，因此後世評價兩極。其崛奇雄健的詩風在宋、元詩壇普遍獲得重視。

杜甫淺近通俗的詩風在晚唐也有所發展，代表詩人有杜荀鶴、李山甫、鄭谷、秦韜玉等。這類七律多委巷俚語、淺白近俗，與王、李「高華秀贍」詩風相去甚遠，但卻能繼承杜甫寫實精神，反映民生疲弊，具有嚴肅的社會意義。

第二節　宋代七律發展概況

一、北宋

中國詩論史上，尊唐與宗宋兩派壁壘分明，但從詩歌發展角度來看，宋詩繼承唐詩，兩者原本就一脈相傳。古典詩歌發展至唐代已達藝術顛峰，宋代詩人要擺脫唐詩陰影，只能求新求變。

北宋初期的七律仍處於模仿階段，楊億、劉筠、錢惟演等館閣詩人師法李商隱的整飭密麗，雖讓西崑體風靡一時，但徒具華麗外表，缺乏內在情韻。歐陽脩、梅堯臣繼而改革，力矯西崑體雕琢晦澀之弊。歐詩平易曉暢、梅詩古健淡遠，雖因缺乏情韻而減低藝術風采，但卻對宋詩發展提供良好示範。

宋代詩壇在元祐年間達到鼎盛時期，王安石、蘇軾、黃庭堅並列北宋三大家。王安石七律偏重抒情詠懷，反映豐富生活內容，其中以詠史詩最為出色。荊公早年詩風受歐陽脩影響甚大，亦直截顯露；中年轉向唐人學習，深得杜詩句法，辭意俱鍊、韻味雋永。

蘇軾詩歌會通前人氣格，氣象宏闊、意趣超妙，標誌著北宋詩壇的最高成就。誠如葉燮所言：「如蘇軾之詩，其境界皆開闢古今之所未有。天地萬物，嬉笑怒罵，無不鼓舞于筆端，而適如其意之所欲出。」〔註28〕蘇軾七律言淺意深、清奇雄放，姚鼐認為：「東坡天才，

〔註28〕葉燮：《原詩・內篇》《清詩話》下冊（臺北市：藝文印書館，1971年10月），頁6。

有不可思議處。其七律只用夢得、香山格調，其妙處豈劉、白能望者。」〔註29〕蘇軾七律用語兼容雅俗，頗近香山；風格豪邁雄渾，更似夢得，但最難得的是善於從客觀事物中領略生命蘊涵，並透過鮮明活潑的藝術形象傳達哲理妙趣，情思飛揚、興象高妙，更在劉、白之上。

北宋詩壇蘇、黃並稱，蘇詩藝術成就雖遠高於黃，但論宋代詩壇最具影響力者首推山谷。黃庭堅雖受蘇軾提拔，列名四學士，但詩歌成就足與蘇軾分庭抗禮。蘇軾不講究格律辭藻，全憑才力，恣意縱橫，旁人難以仿效；黃庭堅作詩則刻意鍛鍊，特別講究詩法，因此追隨者日眾，匯為「江西詩派」。

黃庭堅七律繼承杜詩拗峭健拔之風，特別重視拗體。不獨模仿形貌，更能打破常規，其詩句法奇矯、音節峭健，自有一股兀傲磊落之氣。雖距杜詩聲情相合的渾融境界甚遠，但也最能擺脫唐人影響，體現出宋詩獨特的藝術風貌。

二、南宋

蘇、黃之後，江西詩派長期主宰詩壇，宋詩枯澀生硬、粗獷險怪的弊病為患愈深。南宋初年，陳與義、呂本中、曾幾等江西詩人仍推尊杜、黃，但詩風漸趨圓熟雅正。在七律風格上，陳與義恢弘悲壯、呂本中流轉圓美、曾幾清新雅潔，皆能擺脫江西詩法而自成一家，遂開南宋詩壇之先聲，對其後的中興詩人有良好的示範作用。

元人方回曾謂：「宋中興以來，言治必曰乾、淳，言詩必曰尤、楊、范、陸。……誠齋時出奇峭，放翁善為悲壯，然無一語不天成；公與石湖，冠冕佩玉，度《騷》媲《雅》。蓋皆胸中貯萬卷書，今古流動，是惟無出，出則自然。」〔註30〕中興詩人出生在靖康前後，動

〔註29〕　姚鼐：《五七言今體詩抄》轉引自《唐七律詩精評》（上海市：上海社會科學院，1989年），頁214。

〔註30〕　方回：〈跋遂初尤先生尚書詩〉。轉引自孔凡禮、齊治平編：《陸游資料彙編》（北京市：中華書局，2006年8月），頁78。

盪不安的時代背景砥礪鍛鍊他們的民族氣節,因此詩歌常流露出憂國恤民之思。詩人群中以陸游、楊萬里、范成大、尤表四人成就最高,並列南宋四大家。其中尤表詩稿大多散佚,而楊萬里活潑諧趣的「誠齋體」、范成大自然溫潤的田園詩,名篇佳構多在七絕。因此七律在南宋的發展狀況,可說是放翁一枝獨秀。

第三節　陸游七律的歷史定位

　　陸游是南渡後詩人之冠,足以與北宋蘇軾相互輝映。徐乾學曾謂:「宋之詩渾涵汪茫,莫若蘇、陸。合杜與韓而暢其旨者,子瞻也;合杜與白而伸其辭者,務觀也。」〔註 31〕清高宗乾隆御製《唐宋詩醇》,宋代亦只取蘇、陸兩家。

　　陸游兼善古今諸體,尤以七律最受推崇。陳訏云:「放翁一生精力,盡於七律。……讀放翁詩,須深思其鍊字鍊句猛力鑪錘之妙,方得真面目。」〔註 32〕其詩屬對工穩而不失纖巧,興象新奇而不至險怪。劉克莊更盛讚:「古人好對偶被放翁用盡。」〔註 33〕

　　陸游七律主要繼承杜詩雄渾蒼健與淺顯通俗兩種風格,這樣的文學傾向恰與蘇軾靠攏。姚鼐指出:「放翁激發忠憤,橫極才力,上法子美,下攬子瞻,裁制既富,變境亦多。其七律固為南渡後一人。」〔註34〕就蘇、陸二家言,蘇軾不講究格律、鍛鍊辭藻,全憑天才任意揮灑;陸游則靈活駕馭聲律,奔放中見嚴謹,更近杜詩正格;蘇詩饒富理趣,反映較多宋代美學;陸詩氣勢雄健,表現更多盛唐氣象。總

〔註31〕徐乾學:《蘭皋詩話》。轉引自孔凡禮、齊治平編:《陸游資料彙編》（北京市:中華書局,2006 年 8 月）,頁 159。

〔註32〕陳訏:《宋十五家詩選》,〈劍南詩選題詞〉。轉引自孔凡禮、齊治平編:《陸游資料彙編》（北京市:中華書局,2006 年 8 月）,頁 187。

〔註33〕劉克莊:《後村詩話》。轉引自孔凡禮、齊治平編:《陸游資料彙編》（北京市:中華書局,2006 年 8 月）,頁 47。

〔註34〕姚鼐:《古詩選》,〈今體詩鈔序目〉。轉引自孔凡禮、齊治平編:《陸游資料彙編》（北京市:中華書局,2006 年 8 月）,頁 305。

括而言，蘇軾代表宋詩文化的藝術顛峰，陸游則是融合唐、宋詩風的集大成者。

陸游對七律的另一項貢獻，就是拓展題材內容，其詩歌涵蓋社會生活的諸多面相，其中最鮮明的就是以抗敵復國爲內涵的愛國詩歌。靖康事變後，江西前輩陳與義、曾幾，中興詩人楊萬里、范成大皆有感時憂憤之作，但只有陸游眞正承繼屈、杜傳統，將愛國詩篇發揚光大。

吳之振曾謂：「宋詩大半從少陵分支，故山谷云：『天下幾人學杜甫，誰得其皮與其骨？』若放翁者，不寧皮骨，蓋得其心矣。所謂愛君憂國之誠，見乎辭者，每飯不忘。故其詩浩瀚崒崒，自有神合。」〔註35〕陸游七律不只繼承杜甫沉鬱頓挫之風，而且能自出機杼、鎔鑄偉詞。比較杜、陸兩家，杜詩情感吞而不吐，較爲緩慢、內斂、深沉，詩藝上達到爐火純青的渾融境界；陸詩情感熱烈奔放，較爲明快、積極、昂揚，雖然淺顯直露有損詩意，但平易動人的特性，更能提供愛國詩歌必備的感召力量。

回顧七律幾個重要發展進程：一、沈、宋首開七律體制；二、王、李、高、岑奠定「高華秀贍」本色；三、杜甫開拓七律題材、風格；四、李商隱以象徵手法抒情；五、蘇軾表現宋詩理趣；六、黃庭堅開發奇句拗體；七、陸游會通唐、宋，寄意恢復。

七律發展至此規模大致完備，陸游之後雖還有元好問這位七律大家，其紀亂詩沉鬱蒼茫、遒勁悲壯，直承少陵衣鉢。思想、藝術皆足以與蘇、陸比肩，但在題材內容、藝術風格、創作技巧方面也難再有創新突破。更遑論明代七子唯肖不妙的仿唐詩作。

〔註35〕吳之振：《宋詩鈔・劍南詩鈔小序》。轉引自孔凡禮、齊治平編：《陸游資料彙編》（北京市：中華書局，2006 年 8 月），頁 178。

第七章　結　論

陸游出生不久即遭逢國難，北宋被金國滅亡，朝廷南遷後勉強維持偏安局勢，但北方民族的鐵蹄威脅始終不斷。陸游襁褓時期就在兵荒馬亂中渡過，其父陸宰是一位愛國主義者，常與有識之士往來，陸游自幼在父執輩的薰陶之下，培養出堅貞不屈的愛國信念。

陸游為求報效國家，勤學不倦、鍛練武藝，早年就以才學展露頭角，二十九歲赴鎖廳試被擢置第一，隔年再赴禮部試也位居前列，但也因直言觸怒秦檜，遭到罷黜。陸游的愛國思想與抗戰主張密不可分，因此其官宦生涯註定坎坷顛簸，從三十四歲出任福州寧德縣（今福建省寧德市）主簿開始，至七十九歲任寶謨閣待制止，陸游一直受到主和派排擠打壓，至少遭到五次彈劾免官。但政治氛圍愈是險峻，陸游愈是展現愛國詩人的風骨，詩中慷慨之音不輟，為漸生疲弊的南宋詩壇點燃光輝的一頁。

陸游人生歷程中，最意氣風發與最失意潦倒的都發生在蜀中八年。詩人在興元府厲兵秣馬、橫槊賦詩，復國大夢似乎觸手可得；誰料轉眼夢碎，幕府解散、志士凋零，生命中最深沉的感觸都在此體驗，因此也直接衝擊其詩境，促使其發生脫胎換骨的蛻變。

平心而論，即使陸游生命中缺乏蜀中經歷的淬煉，也並不妨礙其成為大家。陸游才雄氣健、辭采瑰麗，早期詩歌內容已經相當充實。但蜀中之行更擴大其眼界胸襟，提升其人生境界，反映在詩歌中

就呈現出慷慨磊落的個人色彩與熱情豐沛的感人力量。這使得陸詩在歷代眾多優秀詩人中獨樹一格，成為足以與屈原、杜甫並稱的愛國詩人典範。

　　蜀中經驗對陸詩所產生的關鍵影響，亦發生在其七律創作上。陸游擅長七言已是定論，但至於七律與七古以何為佳？卻各自有擁護者。兩種詩歌體裁不同、風格各異，在詩歌史上自有其淵源與發展，難以驟下評斷。但若以數量觀之，七律是陸游用功最勤的體裁，當無疑慮。《劍南詩稿》存詩以七律 3184 首最多，〔註1〕約占三分之一。〔註2〕陸游蜀中詩歌中七律則有 413 首，更占四成以上。〔註3〕陸游對七律體裁的重視當無疑慮。

　　陸游詩題材廣泛，這項特點也反映在蜀中所作七律，主要內容可分為「官宦」、「生活」、「寫景」、「人事」、「詠物」等五大主題。官宦主題依據內容可再分屬旅行役、軍事相關、試院入闈、奉旨謝恩、視察民生等五個層面，除涉及王炎部分，因政治敏感而留下空白，其餘仕途上的重要事件皆存詩記錄。誠如陸游所言：「浮沉不是忘經世，後有仁人識此心。」〔註4〕這些詩作蘊含著陸游淑世理想、政治理念、時勢觀察與心路歷程，是理解陸游思想內涵的重要資料。

　　生活主題可分為兩類：第一類以時間為共同特徵，包含有季節、氣候、節氣、節日、時辰等，這類作品題目相近、同題詩特多，從題目難以推知詩旨，但探究其內容往往悲憤抑鬱、慨歎良深，尤其每逢秋、冬，陸游常在詩中吐露抗金思想，不點明題旨實為考量避讒遠禍。第二類則包含家居、睡夢、飲酒、讀書、騎馬、狩獵等日常活動。這

〔註1〕徐丹麗：《陸游詩研究》南京大學中文系博士論文，2005 年，頁 224。

〔註2〕呂輝：《陸游七言律詩研究》，陝西師範大學中國古代文學所博士論文，2008 年，頁 1。

〔註3〕本文蜀中詩歌範圍的界定，從乾道六年春夔州赴任臨行前所作〈將赴官夔府書懷〉起，至淳熙五年（1178）春離蜀前成都所作〈東歸有日書懷〉止，共 939 首。

〔註4〕陸游：《詩稿校注》，冊二，卷七〈書歎〉，頁 560。

類作品最能觀察生活主題與愛國思想的聯繫,《唐宋詩醇》所言:「至於漁舟樵徑,茶碗爐熏,或雨或晴,一草一木,莫不著爲歌詠,以寄其意。」〔註5〕正指如此。「此身合是詩人未?」〔註6〕陸游不甘爲詩人,卻用功最勤,最大的動力就源自愛國情思的驅使,日常可見的一草一木也足以勾起其黍麥之思。故楊大鶴云:「知放翁之不爲詩人,乃可以論放翁之詩。」〔註7〕

陸游七律寫景主題抒情性質濃厚,在描繪自然景物時經常往往攝入自我形象,呈現王國維所言的「有我之境」。因此其詩山水意象皆饒富主觀色彩,或怡然自得,或飄然出塵,或快意豪宕,或寂寞蕭瑟,所思、所感皆寄託於山水之間,因此富有浪漫色彩。

陸游所作山水詩,自然間的人文建築往往居於關鍵地位,主要的影響歸納有三:一、遇樓臺亭閣抒登臨之感。陸游以開闊視野重新檢視原本熟悉的事物,視覺的開展引發內心激盪,思鄉之情、身世之感、報國之志也顯得格外強烈。二、遊道院寺廟起出塵之思。陸游最大夙願就是北伐抗金,但南宋君臣多半傾向苟且偷安,「鼓吹恢復」的陸游自然成爲打壓的對象,屢遭貶抑的憤悶只好暫由佛道尋求慰藉。因此陸游拜訪幽靜的僧院寺廟,往往興起離塵出世之心。三、憑弔古蹟,追緬前人。陸游從富庶的魚米之鄉踏上崛崎險峻的蜀道,在崇山峻嶺的巴蜀地區漂泊八年,期間造訪過許多歷史遺跡,留下許多懷古之作。陸游憑弔豪傑主要有兩種類型:一爲才華洋溢卻有志難伸的風流名士,比如屈原、李白、杜甫等,最能引起陸游的強烈共鳴;二爲北伐抗敵的英雄人物,比如孫權、桓溫、劉裕等,他們的顯赫軍功,最能滾燙陸游的愛國熱血。

陸游在蜀中以詩酬和,依據性質可分爲寄贈、酬和、送別、尋訪、

〔註5〕愛新覺羅弘曆等:《唐宋詩醇》,卷四二,轉引自孔凡禮、齊治平編:《陸游資料彙編》(北京市:中華書局,2006年8月),頁215。

〔註6〕陸游:《詩稿校注》,冊一,卷三〈劍門道中遇微雨〉,頁269。

〔註7〕楊大鶴:《劍南詩鈔・序》,轉引自孔凡禮、齊治平編:《陸游資料彙編》(北京市:中華書局,2006年8月),頁190。

追思等。陸游交游廣闊，生平可考者有章甫、葉安行、宇文子友、范西叔、范成大、呂商隱、師伯渾、譚德稱等等，皆是一時俊彥；其餘如王伯高、趙教授、鄧公壽、范文淵、獨孤策等人雖事略未詳，但從詩中描述推知，或是隱逸高士、或是毅勇豪傑，也都是品格高潔、有謀有識的人物。

「觀其友，而知其人。」從陸游交友情形，對其性情格調的體會也愈深。陸游寄贈詩以友人為主體，主要讚揚其品德行誼並歌詠友誼的真摯淳厚；酬和詩則以詠懷為主，吐露較多內心情志，抒情色彩濃厚，因此較一般社交之作意蘊更深；送別詩因為是寫在蜀地、漢中，異地賦別不僅抒發別情離恨，更往往勾起濃烈鄉愁。尋訪二首皆作於蜀中後期，對象皆為隱逸高人，陸游復國夢碎、仕途受阻，遂轉從釋道思想中尋求消解。追思雖僅有一首，卻有數層含意：一是感念先師曾幾授業之恩；二是喜逢知己，表達對趙詩的讚賞；三是闡述詩論：律令先要「合時」，工夫返歸「平夷」。

詠物主題包含有：梅花 15 首、臘梅 1 首、海棠 2 首、木犀 1 首、筍 1 首、題畫 1 首，詠花佔絕大比例。詠花又以詠梅詩數量遠高於其他，陸游常藉詠梅詩感懷身世、抒發鄉愁。梅花生性耐寒、清雅高潔，深受端人廉士所愛。陸游詠梅喻志，展現出不媚流俗的嶙峋傲骨。陸游兩首詠海棠詩，也隱然寄寓有不遇之感。蜀中以海棠為勝，杜甫卻無海棠詩留傳。陸游感慨杜詩的散軼，亦悲嘆海棠、杜甫、自己的懷才不遇。詠蠟梅、木犀之詩，則以賞花雅趣為主，雖無較深的思想意涵，但皆能捕捉花態神韻，展現婀娜婉約、清新流麗之美。

詠花詩之外另有詠筍、題畫詩，題畫詩所詠者恰為墨竹，二者皆飽含竹之意象。竹身筆直、中空有節，正象徵君子正直謙遜的節操。竹與梅同列花中君子，陸游賞梅成癡，也如東坡愛竹。其詠筍、竹詩主要在闡述君子修身自勵的理念。檢視陸游蜀中所作詠物詩，除蠟梅、木犀外，主要以主觀寫物，藉由物象特質來抒發個人情志與際遇。透過以物寫我的方式，將自身情志融入所歌詠物之形象當中，體現出

物我合一的精神境界。

陸游蜀中七律的五大主題，除宮體、愛情外，古典詩歌題材幾乎無意不搜，可見內容之淵廣。而貫串所有題材類別的就是其「憂國憂時」的淑世理想，換言之即「感激悲憤、忠君愛國」之誠。〔註8〕愛國思想是陸詩體系最重要的核心價值，也是其詩歌內涵中不可磨滅的精神印記。

古典詩歌以七律形式最爲精美，七律由沈佺期、宋之問首開體制；王維、李頎、高適、岑參繼而奠定「高華秀贍」本色；隨之杜甫正中有變，開創出雄渾頓挫、淺近通俗、拗峭健拔三種詩風；晚唐李商隱以象徵手法抒情；北宋蘇軾表現宋詩理趣，黃庭堅開發奇句拗體。

七律傳至陸游，則會通唐、宋。杜甫之沉雄、劉禹錫之豪健、白居易之平夷、蘇軾之飄灑皆融爲一爐，更以愛國精神爲思想主幹，垂範千古。陸游之七律不但具有極高的思想性、藝術性，且在題材與技巧的開拓上也有相當貢獻，因此在七律發展上被視爲「集大成者」，誠非過譽。

陸游七律使用語彙傾向平易通俗，此亦反映在蜀中時期。虛詞、俗語、色彩詞與疊字詞等，經由陸游的巧思皆能融化入律，呈現自然曉暢之美。陸游使用虛詞不刻意追求新變、純任自然，並善用其聯繫文意、協調韻律的優點。使用俗語則涵蓋廣泛、活潑生動，表現出地方特色與生活色彩。使用色彩詞，無論單色的選擇或複色的調配，都能融情與景，反映出當下的生命情調，呈現出瑰麗豐腴的風格。陸游使用疊字種類豐富、句式靈活、設計巧妙且極富創意，因此既能點染氣氛，又不易形成窠臼，傳達出抽象朦朧的詩意。

陸游蜀中七律亦展現精湛的修辭技巧，前人主要稱揚其用典、對仗兩方面，此外摹寫、譬喻、誇飾等的運用也極爲高明。摹寫是最基

〔註8〕愛新覺羅弘曆等：《唐宋詩醇》，卷四二，轉引自孔凡禮、齊治平編：《陸游資料彙編》（北京市：中華書局，2006年8月），頁215。

礎的修辭，陸游卻能夠「模寫事情俱透脫，品題花鳥亦清奇」，〔註9〕
在平常中展現不凡，正是大家手筆。陸游運用摹寫主要有「自我形象
明顯」、「畫面具有動感」、「感官意象豐富」等三項特點，因此畫面鮮
活跳動，極具浪漫色彩。陸游運用譬喻，寫景狀物清新活潑、敘事抒
情跌宕淋漓，含蘊雋永處雖不及義山，但正是放翁豪暢本色。陸游明
喻使用太繁、語意雷同，雖遭至許多批評，但其略喻、借喻興象雄奇、
意趣高遠，卻更不可忽略。誇飾法最適合用在形式自由、氣勢奔放的
七古，陸游卻大膽將誇飾引入形制嚴謹的七律，讓想像力游刃於格律
肯綮，激盪出雄奇飄幻的變格，正是放翁非凡之處。

　　陸游用典能夠跳脫江西習氣，不自我設限，專在古籍中挖掘詩
材；而是從真實人生中體驗先賢思想情志，因此既能汲取前人經驗，
又能擺脫筆墨束縛，格高意遠、自鑄偉詞。陸游用典有五項特徵：一、
多用熟典，意象鮮明；二、取材廣泛，詞華典贍；三、鎔裁語辭，聲
情相切；四、翻疊舊典，推陳出新；五、用典屬對，工穩自然。由此
可見陸游並非專臚古意，而是以真實情感為基礎，運用典故、詩材進
行藝術再造，因此自然貼切又饒富新意。

　　陸游對仗之富贍精工，歷來受到詩評家的廣大推崇。其對仗技巧
無論從工整、自然、意遠三項基本要求，或從巧變、豐富兩項進階層
次來探討，都達到極高造詣。蜀中諸作雖僅占陸游七律約一成左右，
但幾乎囊括所有對仗類型，雙聲對、疊韻對、疊字對、借音對、當句
對、雙擬對、流水對、倒挽對、剛柔對、人我對、有無對等等，413
首蜀中七律皆有範例，足以譽為對仗教科書。尤其七律對仗超過二聯
者已屬難得，陸游僅蜀中所作就有 37 首，且皆自然曉暢，無扭捏生
硬之病，可見其駕馭對仗之優游不迫。

　　陸游在選擇韻腳方面好用寬韻，蜀中七律使用率最高的前六名依

〔註9〕 袁宗道：《白蘇齋詩集》，〈偶得放翁集快讀數日志喜因效其語〉。轉
　　　　引自孔凡禮、齊治平編：《陸游資料彙編》（北京市：中華書局，2006
　　　　年 8 月），頁 133。

序爲庚、支、陽、尤、東、先韻等皆屬寬韻，且合計高達 53.8%。若以寬、中、窄、險韻分類統計，〔註10〕寬韻占 60.9%，中韻占 27.4%，窄韻占 11.1%，險韻占 0.6%。寬韻與中韻兩類合計後占總數將近九成。陸游選擇韻部以穩妥爲優先，正如其「律令合時方帖妥」的主張，〔註11〕有別宋代詩壇好用險韻、求奇尙硬的傾向。

　　陸游用韻目以寬韻爲主，先求用韻穩妥，但不因此捨難取易，僅從寬韻尋找韻腳。蜀中七律除鹽、佳兩韻外，平聲其他二十八韻皆有使用，採用窄韻、險韻的作品雖不多，但偶爾出手，皆自然曉暢，不至於聲牙艱澀。另外，陸游選用韻腳亦相當重視聲情，表現出杜甫「隨情押韻」的特徵。因此能將情境與音響融爲一體，達到「聲由情出，情在聲中」〔註12〕的絕妙境界。

　　陸游蜀中七律主要有悲鬱沉雄、蕭瑟曠蕩、豐贍秀麗，以及清淡圓潤等四種風格。陸游「悲鬱沉雄」之風格，源自其剛健性格與愛國思想，是愛國詩人最鮮明的旗幟，也可視爲杜甫「沉鬱頓挫」的繼承與發揚。此種風格所包含的題材相當廣泛，主要用在抒發愛國壯志，也展現在感懷身世、登臨懷古、羈旅行役、遊覽山水、飲酒紀夢、酬和寄贈之作，雖非蜀中時期所獨有，但巴蜀漂泊、南鄭從戎的經歷，卻是促使風格成熟的催化劑，因此意義格外重大。

　　陸游「蕭瑟曠蕩」之風格，主要表現在詠懷身世、抒發鄉愁、慨歎不遇等題材。因處生命低潮，詩境多黯淡消沉，如秋風蕭瑟；但詩人秉性堅強，即使坐困愁城亦力圖振作，因此在逆境當中更顯瀟灑曠蕩。「蕭瑟曠蕩」與「悲鬱沉雄」發展歷程大致相同，皆在蜀中時期發生蛻變，這當與仕途受挫、異鄉飄泊的經歷有關。「窮愁潦倒」是

〔註10〕寬、中、窄、險韻分類標準依據王力：《漢語詩律學》（香港：中華出版，2003 年 4 月），頁。
〔註11〕陸游：《詩稿校注》，冊一，卷二〈追懷曾文清公呈趙教授趙近嘗示詩〉，頁 202。
〔註12〕黃永武：《中國詩學──設計篇》（臺北市：巨流圖書公司，1987 年 4 月），頁 153。

許多詩人的共同經歷，「寂寞蕭瑟」則是貶謫文學的共通情感，眾家之別就在於處事態度，或沉淪、或放縱、或怨恨、或是超脫，因而發展出迥異詩風。陸游長期處於有志難伸之困境，其詩歌自然積鬱出蕭瑟之氣；但詩人的豪爽曠達時時與愁悶對抗，遂鼓盪出蕭瑟曠蕩之風，從夔州赴任開始，便貫穿其後的創作生涯。

陸游「豐贍秀麗」之風格，與前述二種差異甚大。「悲鬱沉雄」、「蕭瑟曠蕩」皆含有嚴肅的人生意義，呈現出陸游的理想與現實；「豐贍秀麗」則偏重美學領域，源自詩人獨具的藝術素養，展現更多的感性與靈性。七律以「高華秀贍」為本色，發展至宋代一變為「瘦硬枯淡」，陸游擺脫宋詩美學，直承盛唐的綺麗奔放。他並非只是單純模擬，而是自主的與唐代審美標準重合，以此觀照自然萬物，因此其歌詠山水花鳥之作，皆富有活潑的生命力量。此一風格入蜀前已充分表現；入蜀後則直到離開南鄭之後才又發展，這當與其心境密切相關。南鄭以前，陸游心在恢復，滿腔熱情皆挹注「悲鬱沉雄」、「蕭瑟曠蕩」兩種詩風；南鄭之後，主和勢成。陸游失去戰場，精神生活反倒獲得餘裕，創作更注意抒發性靈，詩風因而多元發展。

陸游「清淡圓潤」與「豐贍秀麗」有四個共同點：一、皆源自詩人的藝術涵養；二、皆以寫景狀物為主；三、語言皆清圓可誦；四、皆在離開南鄭後有較多表現。而兩者的差異在於：一、前者體裁較廣，後者主要表現在七律；二、同樣寫情狀物，前者主要以日常生活為內容，後者則較偏向特殊審美經驗；三、前者繼承杜詩「平易曉暢」的特點，後者則是沈、宋「高華秀贍」的新變。四、前者以人為主，重視由外而內、回歸真我。後者以物為主，注重由內而外的觀照與投射。陸詩清淡圓潤之風，主要表現在田園閒適的作品。田園詩，樸實恬淡；七言律，工整華麗，陸游卻能匠心獨具，調合出自然流麗之美。清淡圓潤之風在入蜀後，有兩個層面的提升：一、對於生活美學的領略更為親切感人。二、對於生命哲理的體悟更加圓融飽滿。

陸游蜀中七律所表現的四種風格，不僅顯示出陸詩的大家風範，

合併觀之更可架構出陸游潛藏於詩歌中的思想體系。「悲鬱沉雄」反映出憂國憂時的志士之心；「蕭瑟曠蕩」則對生命困境的抒發超越；「豐贍秀麗」是個人的審美觀照與藝術傾向；「清淡圓潤」則是藝術與人生結合，一種反璞歸真的內在探索。恰好聯結成一種儒家君子的生命哲學。

　　回顧緒論所提四問：一、陸詩以愛國主題著稱，體裁則首重七律。兩者之間有何關聯？陸游兼善眾體，每種體裁皆有抒發愛國情志的名篇，七律與七古佳構尤多。進一步比較兩者，則會發現七古因形式自由、發想無端，浪漫色彩濃厚。七律則以抒情詠懷、生活紀實為主，其所見所感，幾乎全反映在七律。因此寫實性較高，情感理性深沉，讀者從七律中更能體察陸游憂國憂時之情志。

　　二、陸游七律包含哪些思想內容？陸游七律內容汪洋浩博，愛國詩歌既可置於其中，亦可視為全部。愛國思想是陸詩體系最重要的核心價值，其餘思鄉、懷古、紀遊、傷老、悲秋、親情、閒適等等環繞其外，往往也融入愛國情思，只是多寡、顯隱、手法各異。陸游以「感激悲憤、忠君愛國」之誠，〔註13〕統攝全部創作，這一點七律與其他文體無異。

　　置於第三、四個問題：「陸游在創作技巧上有何優長與新變？」「陸游七律之成就是否足以稱為集大成者？」在本文第四章〈陸游蜀中七律之形式〉、第五章〈陸游蜀中七律之風格〉已有詳盡討論，在此不作贅述。

　　陸游創作七律最多、最勤，其思想精粹全灌注七律。若將七古比為陸游之愛國狂想，七律當視為其詩歌自傳，愛國精神、淑世理想、憂患意識、社會觀察等等皆在其中。蜀中時期的經歷推動陸游詩歌進行關鍵性蛻變，其七律發展至此也臻至完善，不但從此確立愛國信念為創作主軸，詩藝更為爐火純青、氣勢也愈加沉渾雄厚。蜀中的異鄉

〔註13〕愛新覺羅弘曆等：《唐宋詩醇》，卷四二，轉引自孔凡禮、齊治平編：《陸游資料彙編》（北京市：中華書局，2006 年 8 月），頁 215。

漂泊、南鄭的軍事生活不僅大開陸游眼界胸襟，即使離蜀後亦提供源源不絕的創作靈感。四川盆地有如一個巨大搖籃，培育出放翁彌天亙地的愛國詩魂。以愛國精神統攝多樣題材，以七言律詩融會眾家風格，「七律集成者」之美譽，陸游當之無愧。

附錄一：陸游蜀中時期七言律詩
總表〔註1〕

序號	詩　　　名	體　裁	出處〔註2〕	頁次	主題	韻腳
1	送芮國器司業 其一	七言律詩	冊一	132	人事	平先
2	其二	七言律詩	冊一	133	人事	平微
3	春陰	七言律詩	冊一	134	生活	平侵
4	晚泊	七言律詩	冊一	138	官宦	平東
5	弔李翰林墓	七言律詩	冊一	139	寫景	平先
6	雨中泊趙屯有感	七言律詩	冊一	140	官宦	平元
7	黃州	七言律詩	冊一	141	官宦	平尤
8	武昌感事	七言律詩	冊一	142	官宦	平東
9	哀郢 其一	七言律詩	冊一	144	官宦	平陽
10	其二	七言律詩	冊一	145	官宦	平真
11	初寒	七言律詩	冊一	146	官宦	平微
12	塔子磯	七言律詩	冊一	148	官宦	平庚
13	大寒出江陵西門	七言律詩	冊一	151	官宦	平元

〔註1〕依照《詩稿校注》編排，以創作時間先後爲序。
〔註2〕「出處」欄位，所引書目皆指《詩稿校注》，因此僅列出冊數。

14	江夏與章冠之遇別後寄贈	七言律詩	冊一	152	人事	平虞
15	馬上	七言律詩	冊一	153	官宦	平齊
16	水亭有懷	七言律詩	冊一	154	官宦	平東
17	江上	七言律詩	冊一	156	官宦	平支
18	晚泊松滋渡口 其一	七言律詩	冊一	159	官宦	平刪
19	其二	七言律詩	冊一	159	官宦	平支
20	荊門冬夜	七言律詩	冊一	160	官宦	平陽
21	三游洞前巖下小潭水甚奇取以煎茶	七言律詩	冊一	162	寫景	平陽
22	蝦蟆碚	七言律詩	冊一	164	寫景	平先
23	過夷陵適值祈雪與葉使君清飲談括蒼舊游既行舟中雪作戲成長句奉寄	七言律詩	冊一	166	人事	平眞
24	過東灄灘入馬肝峽	七言律詩	冊一	167	官宦	平豪
25	新安驛	七言律詩	冊一	168	官宦	平眞
26	秭歸醉中懷都下諸公示坐客	七言律詩	冊一	168	人事	平麻
27	憩歸州光孝寺寺後有冢近歲或發之得寶玉劍佩之類	七言律詩	冊一	169	官宦	平陽
28	巴東令廨白雲亭	七言律詩	冊一	174	官宦	平刪
29	謁巫山廟兩廡碑版甚眾皆言神佐禹開峽之功而詆宋玉高唐賦之妄予亦賦詩一首	七言律詩	冊一	175	官宦	平多
30	聞猿	七言律詩	冊一	176	官宦	平支
31	登江樓	七言律詩	冊一	178	官宦	平尤
32	雪晴	七言律詩	冊一	179	生活	平庚
33	玉笈齋書事 其一	七言律詩	冊一	180	生活	平虞
34	其二	七言律詩	冊一	181	生活	平庚
35	山寺	七言律詩	冊一	184	寫景	平元
36	寒食	七言律詩	冊一	185	寫景	平麻

37	晚晴書事呈同舍	七言律詩	冊一	185	人事	平東
38	鄉中每以寒食立夏之間省墳客夔適逢此時淒然感懷 其一	七言律詩	冊一	186	生活	平支
39	其二	七言律詩	冊一	187	生活	平灰
40	寺院春晚	七言律詩	冊一	187	官宦	平元
41	自詠	七言律詩	冊一	188	生活	平歌
42	初夏懷故山	七言律詩	冊一	190	生活	平歌
43	初夏新晴	七言律詩	冊一	191	生活	平庚
44	定拆號日喜而有作	七言律詩	冊一	191	官宦	平尤
45	睡起	七言律詩	冊一	192	官宦	平虞
46	苦熱	七言律詩	冊一	192	官宦	平東
47	拆號前一日作	七言律詩	冊一	193	官宦	平麻
48	西齋雨後	七言律詩	冊一	194	生活	平陽
49	晚晴聞角有感	七言律詩	冊一	194	生活	平庚
50	夏夜起坐南亭達曉不復寐	七言律詩	冊一	195	生活	平尤
51	夜登白帝城樓懷少陵先生	七言律詩	冊一	195	人事	平先
52	假日書事	七言律詩	冊一	196	官宦	平微
53	林亭書事 其一	七言律詩	冊一	196	官宦	平陽
54	其二	七言律詩	冊一	197	官宦	平陽
55	久病灼艾後獨臥有感	七言律詩	冊一	198	生活	平先
56	秋思	七言律詩	冊一	200	生活	平微
57	一病四十日天氣逐寒感懷有賦	七言律詩	冊一	200	生活	平寒
58	夔州重陽	七言律詩	冊一	201	生活	平支
59	追懷曾文清公呈趙教授趙近嘗示詩	七言律詩	冊一	202	人事	平支
60	九月三十日登城門東望淒然有感	七言律詩	冊一	206	生活	平尤
61	初冬野興	七言律詩	冊一	207	生活	平寒

62	東屯呈同遊諸公	七言律詩	冊一	207	人事	平侵
63	別王伯高	七言律詩	冊一	208	人事	平侵
64	醉中到白崖而歸	七言律詩	冊一	209	寫景	平東
65	十二月十九日晚巫山送客歸回望西寺小閣縹緲可愛遂與趙郭二教授同游抵夜乃還楚鄉偶得長句呈二君	七言律詩	冊一	210	人事	平灰
66	小市	七言律詩	冊一	212	官宦	平齊
67	馬上	七言律詩	冊一	216	官宦	平元
68	鄰山縣道上作	七言律詩	冊一	217	官宦	平元
69	過廣安弔張才叔諫議	七言律詩	冊一	218	人事	平庚
70	果州驛	七言律詩	冊一	219	官宦	平微
71	柳林酒家小樓	七言律詩	冊一	221	官宦	平尤
72	南池	七言律詩	冊一	221	人事	平東
73	登慧照寺小閣	七言律詩	冊一	224	寫景	平尤
74	風雨中過龍洞閣	七言律詩	冊一	225	官宦	平虞
75	嘉川舖遇小雨景物尤奇	七言律詩	冊一	228	官宦	平灰
76	金牛道中遇寒食	七言律詩	冊一	230	官宦	平庚
77	南鄭馬上作	七言律詩	冊一	234	官宦	平庚
78	送劉戒之東歸	七言律詩	冊一	239	人事	平庚
79	送范西叔赴召 其一	七言律詩	冊一	242	人事	平陽
80	其二	七言律詩	冊一	243	人事	平尤
81	寄鄧公壽	七言律詩	冊一	243	人事	平侵
82	簡章德茂	七言律詩	冊一	244	人事	平先
83	夜抵葭萌惠照寺寓榻小閣	七言律詩	冊一	246	官宦	平蕭
84	閬中作 其一	七言律詩	冊一	248	官宦	平麻
85	其二	七言律詩	冊一	249	官宦	平眞
86	自閬復還漢中次益昌	七言律詩	冊一	251	官宦	平庚

87	驛亭小憩遣興	七言律詩	冊一	252	官宦	平支
88	自笑	七言律詩	冊一	253	生活	平虞
89	三泉驛站	七言律詩	冊一	254	官宦	平元
90	嘉川舖得檄遂行中夜次小柏	七言律詩	冊一	254	官宦	平庚
91	歸次漢中境上	七言律詩	冊一	255	官宦	平尤
92	初離興元	七言律詩	冊一	257	官宦	平灰
93	書事	七言律詩	冊一	259	官宦	平先
94	長木晚興	七言律詩	冊一	261	官宦	平侵
95	遣興	七言律詩	冊一	261	官宦	平陽
96	赴成都泛舟自三泉至益昌謀以明年下三峽	七言律詩	冊一	262	官宦	平先
97	予行蜀漢間道出潭毒關下每憩羅漢院山光軒今復過之悵然有感	七言律詩	冊一	264	官宦	平尤
98	雪晴行益昌道中頗有春意	七言律詩	冊一	266	官宦	平刪
99	宿武連縣驛	七言律詩	冊一	272	官宦	平支
100	綿州魏成縣驛有羅江東詩云芳草有情皆礙馬好雲無處不遮樓戲用其韻	七言律詩	冊一	274	官宦	平尤
101	即事	七言律詩	冊一	275	官宦	平庚
102	羅江驛翠望亭讀宋景文公詩	七言律詩	冊一	281	人事	平灰
103	梅花	七言律詩	冊一	284	詠物	平寒
104	成都歲暮始微寒小酌遣興	七言律詩	冊一	288	生活	平寒
105	再賦梅花	七言律詩	冊一	288	詠物	平先
106	睡起書事	七言律詩	冊一	291	生活	平多
107	分韻作梅花詩得東字	七言律詩	冊一	293	詠物	平東
108	宇文子友聞予有西郊尋梅詩以詩借觀次其韻	七言律詩	冊一	294	詠物	平陽
109	海棠	七言律詩	冊一	295	詠物	平東

110	簡南禪勤長老	七言律詩	冊一	296	人事	平元
111	初到蜀州寄成都諸友	七言律詩	冊一	298	人事	平支
112	自蜀州暫還成都奉簡諸公	七言律詩	冊一	298	人事	平眞
113	嘉祐院觀壁間文湖州墨竹	七言律詩	冊一	300	詠物	平眞
114	春晚書懷 其一	七言律詩	冊一	301	生活	平東
115	其二	七言律詩	冊一	302	生活	平庚
116	其三	七言律詩	冊一	302	生活	平灰
117	望雲樓晚興	七言律詩	冊一	306	生活	平支
118	登荔枝樓	七言律詩	冊一	309	寫景	平尤
119	再賦荔枝樓	七言律詩	冊一	310	寫景	平灰
120	謁凌雲大像	七言律詩	冊一	313	寫景	平眞
121	獨遊城西諸僧舍	七言律詩	冊一	315	寫景	平眞
122	西林院	七言律詩	冊一	316	寫景	平魚
123	晚登望雲 其一	七言律詩	冊一	319	寫景	平先
124	其二	七言律詩	冊一	320	寫景	平寒
125	晦日西窗懷故山	七言律詩	冊一	321	生活	平微
126	秋日懷東湖 其一	七言律詩	冊一	321	生活	平支
127	其二	七言律詩	冊一	322	生活	平微
128	小山之南作曲欄石磴繚繞如棧道戲作二篇 其一	七言律詩	冊一	322	生活	平支
129	其二	七言律詩	冊一	323	生活	平刪
130	醉中感懷	七言律詩	冊一	324	生活	平庚
131	夜思	七言律詩	冊一	326	生活	平灰
132	雨夜懷唐安	七言律詩	冊一	326	生活	平尤
133	送客至江上	七言律詩	冊一	328	人事	平庚
134	雨中至西林寺	七言律詩	冊一	329	寫景	平文
135	深居	七言律詩	冊一	330	生活	平齊

136	秋夜獨醉戲題	七言律詩	冊一	330	生活	平麻
137	感事	七言律詩	冊一	331	生活	平微
138	醉鄉	七言律詩	冊一	332	生活	平灰
139	社前一夕未昏輒寢中夜乃得寐	七言律詩	冊一	337	生活	平侵
140	社日	七言律詩	冊一	338	生活	平支
141	夜雨感懷	七言律詩	冊一	338	生活	平庚
142	八月二十二日嘉州大閱	七言律詩	冊一	339	官宦	平東
143	重九會飲萬景樓	七言律詩	冊一	341	人事	平支
144	初報嘉陽除官還東湖有期喜而有作	七言律詩	冊一	342	官宦	平青
145	何元立示九日詩臥病累日乃能次韻	七言律詩	冊一	345	生活	平尤
146	嘉陽絕無木犀偶得一枝戲作	七言律詩	冊一	350	詠物	平先
147	雨後登西樓獨酌	七言律詩	冊一	350	生活	平文
148	喜晴	七言律詩	冊一	351	官宦	平齊
149	曉出城東	七言律詩	冊一	351	官宦	平先
150	出城至呂公亭按視修堤	七言律詩	冊一	355	官宦	平蒸
151	登樓	七言律詩	冊一	355	寫景	平刪
152	連日扶病領客殆不能支枕上懷故山偶成	七言律詩	冊一	360	生活	平陽
153	下元日五更詣天慶觀寶林寺	七言律詩	冊一	364	生活	平陽
154	梅花 其一	七言律詩	冊一	365	詠物	平寒
155	其二	七言律詩	冊一	365	詠物	平陽
156	其三	七言律詩	冊一	366	詠物	平陽
157	其四	七言律詩	冊一	366	詠物	平東
158	西園	七言律詩	冊一	367	寫景	平麻
159	曉坐	七言律詩	冊一	373	生活	平元
160	十一月八日夜燈下對梅花獨酌累日勞甚頗自慰也	七言律詩	冊一	376	詠物	平支

161	累日倦甚不能觸客睡起戲作	七言律詩	冊一	381	生活	平先
162	冬日	七言律詩	冊一	384	生活	平支
163	雨中睡起	七言律詩	冊一	384	生活	平齊
164	十二月初一日得梅一枝絕奇戲作長句今年於是四賦此花矣	七言律詩	冊一	385	詠物	平元
165	無題	七言律詩	冊一	385	生活	平微
166	快晴	七言律詩	冊一	386	生活	平灰
167	獨坐	七言律詩	冊一	387	生活	平微
168	荀秀才送蠟梅十枝奇甚為賦此詩	七言律詩	冊一	390	詠物	平支
169	離嘉州宿平羌	七言律詩	冊一	390	官宦	平元
170	遊修覺寺	七言律詩	冊一	392	寫景	平齊
171	暮春	七言律詩	冊一	393	寫景	平虞
172	小閣納涼	七言律詩	冊一	401	生活	平虞
173	晨雨	七言律詩	冊一	401	生活	平先
174	湖上筍盛出戲作長句	七言律詩	冊一	402	詠物	平侵
175	雨後集湖上	七言律詩	冊一	402	寫景	平齊
176	宿杜氏莊晨起遇雨	七言律詩	冊一	404	寫景	平蕭
177	遊靈鷲寺堂中僧闃然獨作禮開山定心尊者尊者唐人有問法者輒點胸示之時號點點和尚	七言律詩	冊一	407	寫景	平支
178	桃源	七言律詩	冊一	408	寫景	平微
179	東湖新竹	七言律詩	冊一	409	寫景	平支
180	讀胡基仲舊詩有感	七言律詩	冊一	413	人事	平陽
181	夏日湖上	七言律詩	冊一	414	寫景	平尤
182	病後暑雨書懷	七言律詩	冊一	416	生活	平庚
183	久雨	七言律詩	冊一	427	生活	平魚
184	寓驛舍	七言律詩	冊一	430	官宦	平微
185	宴西樓	七言律詩	冊一	432	寫景	平東

186	月中歸驛舍	七言律詩	冊一	433	官宦	平庚
187	江瀆池醉歸馬上作	七言律詩	冊一	433	生活	平先
188	離成都後卻寄公壽子友德稱	七言律詩	冊一	434	人事	平元
189	池上晚雨	七言律詩	冊一	438	寫景	平東
190	秋思	七言律詩	冊一	440	生活	平侵
191	書懷 其一	七言律詩	冊一	442	生活	平寒
192	其二	七言律詩	冊一	443	生活	平微
193	秋思 其一	七言律詩	冊一	443	生活	平庚
194	其二	七言律詩	冊一	444	生活	平支
195	其三	七言律詩	冊一	444	生活	平先
196	東園晚步	七言律詩	冊一	445	生活	平元
197	秋興	七言律詩	冊一	448	生活	平先
198	秋色	七言律詩	冊一	448	生活	平灰
199	秋聲	七言律詩	冊一	449	生活	平庚
200	觀長安城圖	七言律詩	冊一	449	生活	平刪
201	夜讀了翁遺文有感	七言律詩	冊一	450	生活	平先
202	蜀州大閱	七言律詩	冊一	455	官宦	平先
203	放懷亭獨立有感	七言律詩	冊一	456	寫景	平東
204	九月三日同呂周輔教授遊大邑諸山	七言律詩	冊一	456	寫景	平支
205	次韻周輔霧中作	七言律詩	冊一	459	人事	平支
206	平雲亭	七言律詩	冊一	461	寫景	平庚
207	九日小疾不出	七言律詩	冊一	462	生活	平陽
208	自江源過雙流不宿徑行之成都	七言律詩	冊一	464	官宦	平尤
209	過綠楊橋	七言律詩	冊一	465	官宦	平蕭
210	客多福院晨起	七言律詩	冊一	466	官宦	平陽
211	秋夜懷吳中	七言律詩	冊一	469	生活	平支

212	送華師從劍州張秘書之招	七言律詩	冊一	472	人事	平尤
213	自嘲	七言律詩	冊二	476	生活	平陽
214	暮歸馬上作	七言律詩	冊二	476	生活	平支
215	將之榮州取道青城	七言律詩	冊二	480	官宦	平庚
216	題丈人觀道院壁	七言律詩	冊二	483	寫景	平寒
217	宿上清宮	七言律詩	冊二	483	寫景	平東
218	自上清延慶歸過丈人觀少留	七言律詩	冊二	484	寫景	平庚
219	布金院	七言律詩	冊二	488	寫景	平先
220	宿江原縣東十里張氏亭子未明而起	七言律詩	冊二	491	官宦	平豪
221	戍卒說沉黎事有感	七言律詩	冊二	495	官宦	平青
222	賴牟鎮早行	七言律詩	冊二	499	官宦	平齊
223	城上 其一	七言律詩	冊二	500	寫景	平陽
224	其二	七言律詩	冊二	501	寫景	平東
225	西樓夕望	七言律詩	冊二	501	寫景	平東
226	甲午十一月十三夜夢右臂踊出一小劍長八九寸有光既覺猶微痛也	七言律詩	冊二	503	生活	平東
227	晚登橫溪閣 其一	七言律詩	冊二	505	寫景	平麻
228	其二	七言律詩	冊二	506	寫景	平支
229	昭德堂晚步	七言律詩	冊二	506	寫景	平陽
230	高齋小飲戲作	七言律詩	冊二	509	生活	平寒
231	乙未元日	七言律詩	冊二	511	官宦	平眞
232	別榮州	七言律詩	冊二	511	官宦	平眞
233	夏日過摩訶池	七言律詩	冊二	513	寫景	平庚
234	天中節前三日大聖慈寺華嚴閣燃燈甚盛游人過於元夕	七言律詩	冊二	514	生活	平齊
235	喜雨	七言律詩	冊二	515	生活	平庚
236	暑行憩新都驛	七言律詩	冊二	516	官宦	平灰

237	自漢州之金堂過沈氏竹園小憩坐間微雨	七言律詩	冊二	518	寫景	平陽
238	彌车鎮驛舍小酌	七言律詩	冊二	521	官宦	平魚
239	伏日獨遊城西	七言律詩	冊二	522	寫景	平微
240	寓舍書懷	七言律詩	冊二	523	官宦	平蕭
241	試茶	七言律詩	冊二	525	生活	平尤
242	成都大閱	七言律詩	冊二	525	官宦	平眞
243	書懷	七言律詩	冊二	526	生活	平支
244	成都書事 其一	七言律詩	冊二	528	生活	平微
245	其二	七言律詩	冊二	529	生活	平庚
246	牛飲市中小飲呈坐客	七言律詩	冊二	530	生活	平東
247	自警	七言律詩	冊二	531	生活	平支
248	午寢	七言律詩	冊二	531	生活	平支
249	明日午睡至暮復次前韻	七言律詩	冊二	532	生活	平支
250	對酒	七言律詩	冊二	533	生活	平眞
251	人日飯昭覺	七言律詩	冊二	534	官宦	平陽
252	上元 其一	七言律詩	冊二	535	生活	平灰
253	其二	七言律詩	冊二	535	生活	平東
254	春晴暄甚遊西市施家園	七言律詩	冊二	537	寫景	平尤
255	自合江亭涉江至趙園	七言律詩	冊二	542	寫景	平庚
256	春晴	七言律詩	冊二	543	生活	平庚
257	春寒連日不出	七言律詩	冊二	546	生活	平寒
258	馬上偶成	七言律詩	冊二	547	生活	平陽
259	夜宴	七言律詩	冊二	547	人事	平寒
260	晚起	七言律詩	冊二	549	生活	平先
261	雨	七言律詩	冊二	550	生活	平微
262	春晚書懷	七言律詩	冊二	550	生活	平支

263	出朝天門繚長堤至劉侍郎廟由小西門歸	七言律詩	冊二	551	生活	平庚
264	夜分讀書有感	七言律詩	冊二	551	生活	平文
265	春殘	七言律詩	冊二	553	生活	平微
266	武擔東臺晚望	七言律詩	冊二	554	寫景	平東
267	行武擔西南村落有感	七言律詩	冊二	554	生活	平元
268	小飲房園	七言律詩	冊二	555	生活	平麻
269	飯昭覺寺抵暮乃歸	七言律詩	冊二	555	寫景	平先
270	自芳華樓過瑤林莊	七言律詩	冊二	556	寫景	平蕭
271	書懷	七言律詩	冊二	557	生活	平東
272	卜居 其一	七言律詩	冊二	558	生活	平刪
273	其二	七言律詩	冊二	558	生活	平陽
274	馬上	七言律詩	冊二	559	生活	平陽
275	書歎	七言律詩	冊二	560	生活	平侵
276	三月一日府宴學射山	七言律詩	冊二	561	寫景	平東
277	三月十六日作	七言律詩	冊二	564	生活	平尤
278	次韻范文淵	七言律詩	冊二	565	人事	平陽
279	登子城新樓遍至西園池亭	七言律詩	冊二	567	寫景	平歌
280	小疾謝客	七言律詩	冊二	568	生活	平支
281	歸耕	七言律詩	冊二	569	生活	平虞
282	遣興	七言律詩	冊二	571	生活	平東
283	野意	七言律詩	冊二	572	生活	平支
284	過野人家有感	七言律詩	冊二	574	寫景	平微
285	幽居晚興	七言律詩	冊二	574	生活	平陽
286	飯保福	七言律詩	冊二	575	生活	平庚
287	閑中偶題 其一	七言律詩	冊二	576	生活	平陽
288	其二	七言律詩	冊二	576	生活	平寒

289	病起書懷 其一	七言律詩	冊二	578	生活	平寒
290	其二	七言律詩	冊二	579	生活	平東
291	躬耕	七言律詩	冊二	581	生活	平刪
292	晚興	七言律詩	冊二	582	生活	平元
293	合江夜宴歸馬上作	七言律詩	冊二	583	生活	平灰
294	齋居書事	七言律詩	冊二	583	生活	平虞
295	客自鳳州來言岐雍間事悵然有感	七言律詩	冊二	587	生活	平庚
296	席上作	七言律詩	冊二	588	寫景	平先
297	水亭偶題	七言律詩	冊二	588	寫景	平支
298	久旱忽大雨涼甚小飲醉眠覺而有作	七言律詩	冊二	591	生活	平陽
299	明日開霽益涼復得長句	七言律詩	冊二	591	生活	平庚
300	感事	七言律詩	冊二	593	生活	平微
301	睡	七言律詩	冊二	594	生活	平庚
302	月下醉題	七言律詩	冊二	596	生活	平支
303	野外劇飲示坐中	七言律詩	冊二	597	人事	平庚
304	連日得雨涼甚有作	七言律詩	冊二	600	生活	平陽
305	待青城道人不至	七言律詩	冊二	600	人事	平先
306	學射道中感事	七言律詩	冊二	602	官宦	平尤
307	遊學射觀次壁間詩韻	七言律詩	冊二	603	寫景	平青
308	昇僊橋遇風雨大至憩小店	七言律詩	冊二	603	寫景	平灰
309	芳華樓夜宴	七言律詩	冊二	604	生活	平尤
310	遣興	七言律詩	冊二	605	生活	平庚
311	六月九日夜步月至朝眞觀	七言律詩	冊二	606	寫景	平支
312	十日夜月中馬上作	七言律詩	冊二	607	生活	平虞
313	百歲	七言律詩	冊二	607	生活	平尤
314	獨飲醉臥比覺已夜半矣戲作此詩	七言律詩	冊二	608	生活	平庚

315	蒙恩奉祠桐柏	七言律詩	冊二	608	官宦	平刪
316	和范待制月夜有感	七言律詩	冊二	610	人事	平微
317	和范待制秋興 其一	七言律詩	冊二	611	人事	平東
318	其二	七言律詩	冊二	611	人事	平文
319	其三	七言律詩	冊二	612	人事	平豪
320	和范待制秋日書懷二首游自七月病起蔬食止酒故詩中及之 其一	七言律詩	冊二	612	人事	平陽
321	其二	七言律詩	冊二	613	人事	平支
322	歲晚	七言律詩	冊二	617	生活	平微
323	歲暮感懷	七言律詩	冊二	621	生活	平支
324	萬里橋江上習射	七言律詩	冊二	623	生活	平庚
325	晚過保福	七言律詩	冊二	626	生活	平魚
326	醉題	七言律詩	冊二	631	生活	平眞
327	芳華樓夜飲 其一	七言律詩	冊二	633	生活	平陽
328	其二	七言律詩	冊二	634	生活	平灰
329	東門外遍歷諸園及僧院觀遊人之盛	七言律詩	冊二	634	寫景	平先
330	城東馬上作 其一	七言律詩	冊二	635	寫景	平庚
331	其二	七言律詩	冊二	635	寫景	平豪
332	丁酉上元 其一	七言律詩	冊二	636	生活	平多
333	其二	七言律詩	冊二	636	生活	平元
334	其三	七言律詩	冊二	636	生活	平陽
335	後陵永慶院在大西門外不及一里蓋王建墓也有二石幢時物又有太后墓琢石爲人馬甚偉	七言律詩	冊二	637	人事	平陽
336	小飲趙園	七言律詩	冊二	639	寫景	平寒
337	和范舍人書懷	七言律詩	冊二	639	人事	平麻
338	和范舍人病後二詩末章兼呈張正字 其一	七言律詩	冊二	640	人事	平庚

339	其二	七言律詩	冊二	641	人事	平魚
340	夜聞雨聲	七言律詩	冊二	642	生活	平陽
341	登劍南西川門感懷	七言律詩	冊二	644	寫景	平庚
342	宿上清宮	七言律詩	冊二	646	寫景	平庚
343	登上清小閣	七言律詩	冊二	647	寫景	平庚
344	眉州作	七言律詩	冊二	652	寫景	平眞
345	青城縣會飲何氏池亭贈譚德稱	七言律詩	冊二	654	人事	平刪
346	題菴壁	七言律詩	冊二	655	生活	平魚
347	幽居 其一	七言律詩	冊二	656	生活	平文
348	其二	七言律詩	冊二	656	生活	平支
349	野步至青羊宮偶懷前年嘗劇飲于此	七言律詩	冊二	659	寫景	平東
350	乾明院觀畫	七言律詩	冊二	661	生活	平陽
351	自詠	七言律詩	冊二	663	生活	平眞
352	訪昭覺老	七言律詩	冊二	667	人事	平庚
353	晝臥	七言律詩	冊二	668	生活	平微
354	晚步江上	七言律詩	冊二	669	寫景	平陽
355	夜行	七言律詩	冊二	670	寫景	平庚
356	悲秋	七言律詩	冊二	670	生活	平尤
357	天涯	七言律詩	冊二	672	生活	平尤
358	暇日行城上同行追不能及	七言律詩	冊二	672	寫景	平支
359	感秋	七言律詩	冊二	673	生活	平支
360	早行至江原	七言律詩	冊二	675	官宦	平庚
361	書寓舍壁 其一	七言律詩	冊二	682	官宦	平尤
362	其二	七言律詩	冊二	682	官宦	平多
363	次韻使君吏部見贈時欲游鶴山以雨止	七言律詩	冊二	683	人事	平庚
364	西巖翠屏閣	七言律詩	冊二	683	寫景	平尤

365	中夜投宿修覺寺	七言律詩	冊二	690	寫景	平江
366	絕勝亭	七言律詩	冊二	691	寫景	平侵
367	獵罷夜飲示獨孤生 其一	七言律詩	冊二	693	人事	平支
368	其二	七言律詩	冊二	694	人事	平尤
369	其三	七言律詩	冊二	694	人事	平庚
370	秋晚登城北門	七言律詩	冊二	696	寫景	平尤
371	夜飲	七言律詩	冊二	699	生活	平灰
372	夜雨有感	七言律詩	冊二	700	生活	平肴
373	初冬夜宴	七言律詩	冊二	702	生活	平陽
374	病酒述懷	七言律詩	冊二	703	生活	平東
375	數日暄妍頗有春意予閑居無日不出遊戲作	七言律詩	冊二	704	寫景	平蕭
376	江樓醉中作	七言律詩	冊二	707	生活	平尤
377	曳策	七言律詩	冊二	707	生活	平灰
378	遠遊	七言律詩	冊二	710	官宦	平眞
379	簡譚德稱	七言律詩	冊二	711	人事	平咸
380	排悶	七言律詩	冊二	712	生活	平微
381	得都下八月書報蒙恩牧敘州	七言律詩	冊二	716	官宦	平先
382	晚起 其一	七言律詩	冊二	717	生活	平先
383	其二	七言律詩	冊二	718	生活	平庚
384	遣興	七言律詩	冊二	722	生活	平陽
385	青羊宮小飲贈道士	七言律詩	冊二	723	人事	平麻
386	醉中出西門偶書	七言律詩	冊二	726	官宦	平蕭
387	閑意	七言律詩	冊二	729	生活	平灰
388	江亭多望	七言律詩	冊二	730	寫景	平虞
389	一笑	七言律詩	冊二	732	生活	平寒
390	歲晚懷鏡湖舊隱慨然有作	七言律詩	冊二	733	生活	平尤

391	華髮	七言律詩	冊二	733	生活	平刪
392	歎息	七言律詩	冊二	734	生活	平蒸
393	冬至	七言律詩	冊二	735	生活	平灰
394	書歎	七言律詩	冊二	737	生活	平侵
395	漣漪亭賞梅	七言律詩	冊二	742	詠物	平支
396	浣花賞梅	七言律詩	冊二	743	詠物	平眞
397	蜀苑賞梅	七言律詩	冊二	744	詠物	平灰
398	次韻張季長正字梅花	七言律詩	冊二	747	詠物	平支
399	次韻季長見示	七言律詩	冊二	748	人事	平寒
400	客愁	七言律詩	冊二	751	官宦	平侵
401	倚樓	七言律詩	冊二	755	生活	平眞
402	寄王季夷	七言律詩	冊二	756	人事	平侵
403	小飲落梅下戲作送梅一首	七言律詩	冊二	758	詠物	平尤
404	初春出遊戲作	七言律詩	冊二	758	寫景	平先
405	初春遣興三首始於志退休而終於惓惓許國之忠亦臣子大義也 其一	七言律詩	冊二	759	官宦	平寒
406	其二	七言律詩	冊二	760	官宦	平寒
407	其三	七言律詩	冊二	760	官宦	平寒
408	予年十六始識葉晦叔於西湖上後二十七年晦叔之弟聲叔來爲臨邛守相遇於成都晦叔沒久矣訪其遺文略無在者乃賦此詩	七言律詩	冊二	761	人事	平尤
409	初春探花有作	七言律詩	冊二	762	寫景	平東
410	夜飲即事	七言律詩	冊二	765	生活	平覃
411	夜宴賞海棠醉書	七言律詩	冊二	766	詠物	平寒
412	即席	七言律詩	冊二	767	官宦	平庚
413	東歸有日書懷	七言律詩	冊二	768	官宦	平微

附錄二：陸游蜀中時期七言律詩題材分類表

一、官宦主題

序號	詩　　　　名	體　裁	出處	頁次	主題	韻腳
1	晚泊	七言律詩	冊一	138	官宦	平東
2	雨中泊趙屯有感	七言律詩	冊一	140	官宦	平元
3	黃州	七言律詩	冊一	141	官宦	平尤
4	武昌感事	七言律詩	冊一	142	官宦	平東
5	哀郢 其一	七言律詩	冊一	144	官宦	平陽
6	其二	七言律詩	冊一	145	官宦	平眞
7	初寒	七言律詩	冊一	146	官宦	平微
8	塔子磯	七言律詩	冊一	148	官宦	平庚
9	大寒出江陵西門	七言律詩	冊一	151	官宦	平元
10	馬上	七言律詩	冊一	153	官宦	平齊
11	水亭有懷	七言律詩	冊一	154	官宦	平東
12	江上	七言律詩	冊一	156	官宦	平支
13	晚泊松滋渡口 其一	七言律詩	冊一	159	官宦	平刪
14	其二	七言律詩	冊一	159	官宦	平支

15	荊門冬夜	七言律詩	冊一	160	官宦	平陽
16	過東灊灘入馬肝峽	七言律詩	冊一	167	官宦	平豪
17	新安驛	七言律詩	冊一	168	官宦	平眞
18	憩歸州光孝寺寺後有冢近歲或發之得寶玉劍佩之類	七言律詩	冊一	169	官宦	平陽
19	巴東令廨白雲亭	七言律詩	冊一	174	官宦	平刪
20	謁巫山廟兩廡碑版甚眾皆言神佐禹開峽之功而詆宋玉高唐賦之妄予亦賦詩一首	七言律詩	冊一	175	官宦	平冬
21	聞猿	七言律詩	冊一	176	官宦	平支
22	登江樓	七言律詩	冊一	178	官宦	平尤
23	寺院春晚	七言律詩	冊一	187	官宦	平元
24	定拆號日喜而有作	七言律詩	冊一	191	官宦	平尤
25	睡起	七言律詩	冊一	192	官宦	平虞
26	苦熱	七言律詩	冊一	192	官宦	平東
27	拆號前一日作	七言律詩	冊一	193	官宦	平麻
28	假日書事	七言律詩	冊一	196	官宦	平微
29	林亭書事 其一	七言律詩	冊一	196	官宦	平陽
30	其二	七言律詩	冊一	197	官宦	平陽
31	小市	七言律詩	冊一	212	官宦	平齊
32	馬上	七言律詩	冊一	216	官宦	平元
33	鄰山縣道上作	七言律詩	冊一	217	官宦	平元
34	果州驛	七言律詩	冊一	219	官宦	平微
35	柳林酒家小樓	七言律詩	冊一	221	官宦	平尤
36	風雨中過龍洞閣	七言律詩	冊一	225	官宦	平虞
37	嘉川舖遇小雨景物尤奇	七言律詩	冊一	228	官宦	平灰
38	金牛道中遇寒食	七言律詩	冊一	230	官宦	平庚
39	南鄭馬上作	七言律詩	冊一	234	官宦	平庚

40	夜抵葭萌惠照寺寓榻小閣	七言律詩	冊一	246	官宦	平蕭
41	閬中作 其一	七言律詩	冊一	248	官宦	平麻
42	其二	七言律詩	冊一	249	官宦	平眞
43	自閬復還漢中次益昌	七言律詩	冊一	251	官宦	平庚
44	驛亭小憩遣興	七言律詩	冊一	252	官宦	平支
45	三泉驛站	七言律詩	冊一	254	官宦	平元
46	嘉川舖得檄遂行中夜次小柏	七言律詩	冊一	254	官宦	平庚
47	歸次漢中境上	七言律詩	冊一	255	官宦	平尤
48	初離興元	七言律詩	冊一	257	官宦	平灰
49	書事	七言律詩	冊一	259	官宦	平先
50	長木晚興	七言律詩	冊一	261	官宦	平侵
51	遣興	七言律詩	冊一	261	官宦	平陽
52	赴成都泛舟自三泉至益昌謀以明年下三峽	七言律詩	冊一	262	官宦	平先
53	予行蜀漢間道出潭毒關下每憩羅漢院山光軒今復過之悵然有感	七言律詩	冊一	264	官宦	平尤
54	雪晴行益昌道中頗有春意	七言律詩	冊一	266	官宦	平刪
55	宿武連縣驛	七言律詩	冊一	272	官宦	平支
56	綿州魏成縣驛有羅江東詩云芳草有情皆礙馬好雲無處不遮樓戲用其韻	七言律詩	冊一	274	官宦	平尤
57	即事	七言律詩	冊一	275	官宦	平庚
58	八月二十二日嘉州大閱	七言律詩	冊一	339	官宦	平東
59	初報嘉陽除官還東湖有期喜而有作	七言律詩	冊一	342	官宦	平青
60	喜晴	七言律詩	冊一	351	官宦	平齊
61	曉出城東	七言律詩	冊一	351	官宦	平先
62	出城至呂公亭按視修堤	七言律詩	冊一	355	官宦	平蒸

63	離嘉州宿平羌	七言律詩	冊一	390	官宦	平元
64	寓驛舍	七言律詩	冊一	430	官宦	平微
65	月中歸驛舍	七言律詩	冊一	433	官宦	平庚
66	蜀州大閱	七言律詩	冊一	455	官宦	平先
67	自江源過雙流不宿逕行之成都	七言律詩	冊一	464	官宦	平尤
68	過綠楊橋	七言律詩	冊一	465	官宦	平蕭
69	客多福院晨起	七言律詩	冊一	466	官宦	平陽
70	將之榮州取道青城	七言律詩	冊二	480	官宦	平庚
71	宿江原縣東十里張氏亭子未明而起	七言律詩	冊二	491	官宦	平豪
72	戍卒說沉黎事有感	七言律詩	冊二	495	官宦	平青
73	賴牟鎮早行	七言律詩	冊二	499	官宦	平齊
74	乙未元日	七言律詩	冊二	511	官宦	平眞
75	別榮州	七言律詩	冊二	511	官宦	平眞
76	暑行憩新都驛	七言律詩	冊二	516	官宦	平灰
77	彌牟鎮驛舍小酌	七言律詩	冊二	521	官宦	平魚
78	寓舍書懷	七言律詩	冊二	523	官宦	平蕭
79	成都大閱	七言律詩	冊二	525	官宦	平眞
80	人日飯昭覺	七言律詩	冊二	534	官宦	平陽
81	學射道中感事	七言律詩	冊二	602	官宦	平尤
82	蒙恩奉祠桐柏	七言律詩	冊二	608	官宦	平刪
83	早行至江原	七言律詩	冊二	675	官宦	平庚
84	書寓舍壁 其一	七言律詩	冊二	682	官宦	平尤
85	其二	七言律詩	冊二	682	官宦	平多
86	遠遊	七言律詩	冊二	710	官宦	平眞
87	得都下八月書報蒙恩牧敍州	七言律詩	冊二	716	官宦	平先
88	醉中出西門偶書	七言律詩	冊二	726	官宦	平蕭

89	客愁	七言律詩	冊二	751	官宦	平侵
90	初春遣興三首始於志退休而終於惓惓許國之忠亦臣子大義也 其一	七言律詩	冊二	759	官宦	平寒
91	其二	七言律詩	冊二	760	官宦	平寒
92	其三	七言律詩	冊二	760	官宦	平寒
93	即席	七言律詩	冊二	767	官宦	平庚
94	東歸有日書懷	七言律詩	冊二	768	官宦	平微

二、生活主題

序號	詩　　　　名	體　　裁	出處	頁次	主題	韻腳
1	春陰	七言律詩	冊一	134	生活	平侵
2	雪晴	七言律詩	冊一	179	生活	平庚
3	玉笈齋書事 其一	七言律詩	冊一	180	生活	平虞
4	其二	七言律詩	冊一	181	生活	平庚
5	鄉中每以寒食立夏之間省墳客夔適逢此時淒然感懷 其一	七言律詩	冊一	186	生活	平支
6	其二	七言律詩	冊一	187	生活	平灰
7	自詠	七言律詩	冊一	188	生活	平歌
8	初夏懷故山	七言律詩	冊一	190	生活	平歌
9	初夏新晴	七言律詩	冊一	191	生活	平庚
10	西齋雨後	七言律詩	冊一	194	生活	平陽
11	晚晴聞角有感	七言律詩	冊一	194	生活	平庚
12	夏夜起坐南亭達曉不復寐	七言律詩	冊一	195	生活	平尤
13	久病灼艾後獨臥有感	七言律詩	冊一	198	生活	平先
14	秋思	七言律詩	冊一	200	生活	平微
15	一病四十日天氣遂寒感懷有賦	七言律詩	冊一	200	生活	平寒
16	夔州重陽	七言律詩	冊一	201	生活	平支

17	九月三十日登城門東望淒然有感	七言律詩	冊一	206	生活	平尤
18	初冬野興	七言律詩	冊一	207	生活	平寒
19	自笑	七言律詩	冊一	253	生活	平虞
20	成都歲暮始微寒小酌遣興	七言律詩	冊一	288	生活	平寒
21	睡起書事	七言律詩	冊一	291	生活	平冬
22	春晚書懷 其一	七言律詩	冊一	301	生活	平東
23	其二	七言律詩	冊一	302	生活	平庚
24	其三	七言律詩	冊一	302	生活	平灰
25	望雲樓晚興	七言律詩	冊一	306	生活	平支
26	晦日西窗懷故山	七言律詩	冊一	321	生活	平微
27	秋日懷東湖 其一	七言律詩	冊一	321	生活	平支
28	其二	七言律詩	冊一	322	生活	平微
29	小山之南作曲欄石磴繚繞如棧道戲作二篇 其一	七言律詩	冊一	322	生活	平支
30	其二	七言律詩	冊一	323	生活	平刪
31	醉中感懷	七言律詩	冊一	324	生活	平庚
32	夜思	七言律詩	冊一	326	生活	平灰
33	雨夜懷唐安	七言律詩	冊一	326	生活	平尤
34	深居	七言律詩	冊一	330	生活	平齊
35	秋夜獨醉戲題	七言律詩	冊一	330	生活	平麻
36	感事	七言律詩	冊一	331	生活	平微
37	醉鄉	七言律詩	冊一	332	生活	平灰
38	社前一夕未昏輒寢中夜乃得寐	七言律詩	冊一	337	生活	平侵
39	社日	七言律詩	冊一	338	生活	平支
40	夜雨感懷	七言律詩	冊一	338	生活	平庚
41	何元立示九日詩臥病累日乃能次韻	七言律詩	冊一	345	生活	平尤

42	雨後登西樓獨酌	七言律詩	冊一	350	生活	平文
43	連日扶病領客殆不能支枕上懷故山偶成	七言律詩	冊一	360	生活	平陽
44	下元日五更詣天慶觀寶林寺	七言律詩	冊一	364	生活	平陽
45	曉坐	七言律詩	冊一	373	生活	平元
46	累日倦甚不能觸客睡起戲作	七言律詩	冊一	381	生活	平先
47	冬日	七言律詩	冊一	384	生活	平支
48	雨中睡起	七言律詩	冊一	384	生活	平齊
49	累日倦甚不能觸客睡起戲作	七言律詩	冊一	381	生活	平先
50	冬日	七言律詩	冊一	384	生活	平支
51	雨中睡起	七言律詩	冊一	384	生活	平齊
52	小閣納涼	七言律詩	冊一	401	生活	平虞
53	晨雨	七言律詩	冊一	401	生活	平先
54	病後暑雨書懷	七言律詩	冊一	416	生活	平庚
55	久雨	七言律詩	冊一	427	生活	平魚
56	江瀆池醉歸馬上作	七言律詩	冊一	433	生活	平先
57	秋思	七言律詩	冊一	440	生活	平侵
58	書懷 其一	七言律詩	冊一	442	生活	平寒
59	其二	七言律詩	冊一	443	生活	平微
60	秋思 其一	七言律詩	冊一	443	生活	平庚
61	其二	七言律詩	冊一	444	生活	平支
62	其三	七言律詩	冊一	444	生活	平先
63	東園晚步	七言律詩	冊一	445	生活	平元
64	秋興	七言律詩	冊一	448	生活	平先
65	秋色	七言律詩	冊一	448	生活	平灰
66	秋聲	七言律詩	冊一	449	生活	平庚
67	觀長安城圖	七言律詩	冊一	449	生活	平刪

68	夜讀了翁遺文有感	七言律詩	冊一	450	生活	平先
69	九日小疾不出	七言律詩	冊一	462	生活	平陽
70	秋夜懷吳中	七言律詩	冊一	469	生活	平支
71	自嘲	七言律詩	冊二	476	生活	平陽
72	暮歸馬上作	七言律詩	冊二	476	生活	平支
73	甲午十一月十三夜夢右臂踴出一小劍長八九寸有光既覺猶微痛也	七言律詩	冊二	503	生活	平東
74	高齋小飲戲作	七言律詩	冊二	509	生活	平寒
75	天中節前三日大聖慈寺華嚴閣燃燈甚盛游人過於元夕	七言律詩	冊二	514	生活	平齊
76	喜雨	七言律詩	冊二	515	生活	平庚
77	試茶	七言律詩	冊二	525	生活	平尤
78	書懷	七言律詩	冊二	526	生活	平支
79	成都書事 其一	七言律詩	冊二	528	生活	平微
80	其二	七言律詩	冊二	529	生活	平庚
81	牛飲市中小飲呈坐客	七言律詩	冊二	530	生活	平東
82	自警	七言律詩	冊二	531	生活	平支
83	午寢	七言律詩	冊二	531	生活	平支
84	明日午睡至暮復次前韻	七言律詩	冊二	532	生活	平支
85	對酒	七言律詩	冊二	533	生活	平眞
86	上元 其一	七言律詩	冊二	535	生活	平灰
87	其二	七言律詩	冊二	535	生活	平東
88	春晴	七言律詩	冊二	543	生活	平庚
89	春寒連日不出	七言律詩	冊二	546	生活	平寒
90	馬上偶成	七言律詩	冊二	547	生活	平陽
91	晚起	七言律詩	冊二	549	生活	平先
92	雨	七言律詩	冊二	550	生活	平微

93	春晚書懷	七言律詩	冊二	550	生活	平支
94	出朝天門繚長堤至劉侍郎廟由小西門歸	七言律詩	冊二	551	生活	平庚
95	夜分讀書有感	七言律詩	冊二	551	生活	平文
96	春殘	七言律詩	冊二	553	生活	平微
97	行武擔西南村落有感	七言律詩	冊二	554	生活	平元
98	小飲房園	七言律詩	冊二	555	生活	平麻
99	書懷	七言律詩	冊二	557	生活	平東
100	卜居 其一	七言律詩	冊二	558	生活	平刪
101	其二	七言律詩	冊二	558	生活	平陽
102	馬上	七言律詩	冊二	559	生活	平陽
103	書歎	七言律詩	冊二	560	生活	平侵
104	三月十六日作	七言律詩	冊二	564	生活	平尤
105	小疾謝客	七言律詩	冊二	568	生活	平支
106	歸耕	七言律詩	冊二	569	生活	平虞
107	遣興	七言律詩	冊二	571	生活	平東
108	野意	七言律詩	冊二	572	生活	平支
109	幽居晚興	七言律詩	冊二	574	生活	平陽
110	飯保福	七言律詩	冊二	575	生活	平庚
111	閑中偶題 其一	七言律詩	冊二	576	生活	平陽
112	其二	七言律詩	冊二	576	生活	平寒
113	病起書懷 其一	七言律詩	冊二	578	生活	平寒
114	其二	七言律詩	冊二	579	生活	平東
115	躬耕	七言律詩	冊二	581	生活	平刪
116	晚興	七言律詩	冊二	582	生活	平元
117	合江夜宴歸馬上作	七言律詩	冊二	583	生活	平灰
118	齋居書事	七言律詩	冊二	583	生活	平虞

119	客自鳳州來言岐雍間事悵然有感	七言律詩	冊二	587	生活	平庚
120	久旱忽大雨涼甚小飲醉眠覺而有作	七言律詩	冊二	591	生活	平陽
121	明日開霽益涼復得長句	七言律詩	冊二	591	生活	平庚
122	感事	七言律詩	冊二	593	生活	平微
123	睡	七言律詩	冊二	594	生活	平庚
124	月下醉題	七言律詩	冊二	596	生活	平支
125	連日得雨涼甚有作	七言律詩	冊二	600	生活	平陽
126	芳華樓夜宴	七言律詩	冊二	604	生活	平尤
127	遣興	七言律詩	冊二	605	生活	平庚
128	十日夜月中馬上作	七言律詩	冊二	607	生活	平虞
129	百歲	七言律詩	冊二	607	生活	平尤
130	獨飲醉臥比覺已夜半矣戲作此詩	七言律詩	冊二	608	生活	平庚
131	歲晚	七言律詩	冊二	617	生活	平微
132	歲暮感懷	七言律詩	冊二	621	生活	平支
133	萬里橋江上習射	七言律詩	冊二	623	生活	平庚
134	晚過保福	七言律詩	冊二	626	生活	平魚
135	醉題	七言律詩	冊二	631	生活	平眞
136	芳華樓夜飲 其一	七言律詩	冊二	633	生活	平陽
137	其二	七言律詩	冊二	634	生活	平灰
138	丁酉上元 其一	七言律詩	冊二	636	生活	平多
139	其二	七言律詩	冊二	636	生活	平元
140	其三	七言律詩	冊二	636	生活	平陽
141	夜聞雨聲	七言律詩	冊二	642	生活	平陽
142	題菴壁	七言律詩	冊二	655	生活	平魚

143	幽居 其一	七言律詩	冊二	656	生活	平文
144	其二	七言律詩	冊二	656	生活	平支
145	乾明院觀畫	七言律詩	冊二	661	生活	平陽
146	自詠	七言律詩	冊二	663	生活	平眞
147	畫臥	七言律詩	冊二	668	生活	平微
148	悲秋	七言律詩	冊二	670	生活	平尤
149	天涯	七言律詩	冊二	672	生活	平尤
150	感秋	七言律詩	冊二	673	生活	平支
151	夜飲	七言律詩	冊二	699	生活	平灰
152	夜雨有感	七言律詩	冊二	700	生活	平肴
153	初多夜宴	七言律詩	冊二	702	生活	平陽
154	病酒述懷	七言律詩	冊二	703	生活	平東
155	江樓醉中作	七言律詩	冊二	707	生活	平尤
156	曳策	七言律詩	冊二	707	生活	平灰
157	排悶	七言律詩	冊二	712	生活	平微
158	晚起 其一	七言律詩	冊二	717	生活	平先
159	其二	七言律詩	冊二	718	生活	平庚
160	遣興	七言律詩	冊二	722	生活	平陽
161	閑意	七言律詩	冊二	729	生活	平灰
162	一笑	七言律詩	冊二	732	生活	平寒
163	歲晚懷鏡湖舊隱慨然有作	七言律詩	冊二	733	生活	平尤
164	華髮	七言律詩	冊二	733	生活	平刪
165	歎息	七言律詩	冊二	734	生活	平蒸
166	多至	七言律詩	冊二	735	生活	平灰
167	書歎	七言律詩	冊二	737	生活	平侵
168	倚樓	七言律詩	冊二	755	生活	平眞
169	夜飲即事	七言律詩	冊二	765	生活	平覃

三、寫景主題

序號	詩　　名	體　裁	出處	頁次	主題	韻腳
1	弔李翰林墓	七言律詩	冊一	139	寫景	平先
2	三游洞前巖下小潭水甚奇取以煎茶	七言律詩	冊一	162	寫景	平陽
3	蝦蟆碚	七言律詩	冊一	164	寫景	平先
4	山寺	七言律詩	冊一	184	寫景	平元
5	寒食	七言律詩	冊一	185	寫景	平麻
6	醉中到白崖而歸	七言律詩	冊一	209	寫景	平東
7	登慧照寺小閣	七言律詩	冊一	224	寫景	平尤
8	登荔枝樓	七言律詩	冊一	309	寫景	平尤
9	再賦荔枝樓	七言律詩	冊一	310	寫景	平灰
10	謁凌雲大像	七言律詩	冊一	313	寫景	平眞
11	獨遊城西諸僧舍	七言律詩	冊一	315	寫景	平眞
12	西林院	七言律詩	冊一	316	寫景	平魚
13	晚登望雲 其一	七言律詩	冊一	319	寫景	平先
14	其二	七言律詩	冊一	320	寫景	平寒
15	雨中至西林寺	七言律詩	冊一	329	寫景	平文
16	登樓	七言律詩	冊一	355	寫景	平刪
17	西園	七言律詩	冊一	367	寫景	平麻
18	遊修覺寺	七言律詩	冊一	392	寫景	平齊
19	暮春	七言律詩	冊一	393	寫景	平虞
20	雨後集湖上	七言律詩	冊一	402	寫景	平齊
21	宿杜氏莊晨起遇雨	七言律詩	冊一	404	寫景	平蕭
22	遊靈鷲寺堂中僧闃然獨作禮開山定心尊者尊者唐人有問法者輒點胸示之時號點點和尚	七言律詩	冊一	407	寫景	平支

23	桃源	七言律詩	冊一	408	寫景	平微
24	東湖新竹	七言律詩	冊一	409	寫景	平支
25	夏日湖上	七言律詩	冊一	414	寫景	平尤
26	宴西樓	七言律詩	冊一	432	寫景	平東
27	池上晚雨	七言律詩	冊一	438	寫景	平東
28	放懷亭獨立有感	七言律詩	冊一	456	寫景	平東
29	九月三日同呂周輔教授遊大邑諸山	七言律詩	冊一	456	寫景	平支
30	平雲亭	七言律詩	冊一	461	寫景	平庚
31	題丈人觀道院壁	七言律詩	冊二	483	寫景	平寒
32	宿上清宮	七言律詩	冊二	483	寫景	平東
33	自上清延慶歸過丈人觀少留	七言律詩	冊二	484	寫景	平庚
34	布金院	七言律詩	冊二	488	寫景	平先
35	城上 其一	七言律詩	冊二	500	寫景	平陽
36	其二	七言律詩	冊二	501	寫景	平東
37	西樓夕望	七言律詩	冊二	501	寫景	平東
38	晚登橫溪閣 其一	七言律詩	冊二	505	寫景	平麻
39	其二	七言律詩	冊二	506	寫景	平支
40	昭德堂晚步	七言律詩	冊二	506	寫景	平陽
41	夏日過摩訶池	七言律詩	冊二	513	寫景	平庚
42	自漢州之金堂過沈氏竹園小憩坐間微雨	七言律詩	冊二	518	寫景	平陽
43	伏日獨遊城西	七言律詩	冊二	522	寫景	平微
44	春晴暄甚遊西市施家園	七言律詩	冊二	537	寫景	平尤
45	自合江亭涉江至趙園	七言律詩	冊二	542	寫景	平庚
46	武擔東臺晚望	七言律詩	冊二	554	寫景	平東
47	飯昭覺寺抵暮乃歸	七言律詩	冊二	555	寫景	平先
48	自芳華樓過瑤林莊	七言律詩	冊二	556	寫景	平蕭

49	三月一日府宴學射山	七言律詩	冊二	561	寫景	平東
50	登子城新樓遍至西園池亭	七言律詩	冊二	567	寫景	平歌
51	過野人家有感	七言律詩	冊二	574	寫景	平微
52	席上作	七言律詩	冊二	588	寫景	平先
53	水亭偶題	七言律詩	冊二	588	寫景	平支
54	遊學射觀次壁間詩韻	七言律詩	冊二	603	寫景	平青
55	昇僊橋遇風雨大至憩小店	七言律詩	冊二	603	寫景	平灰
56	六月九日夜步月至朝眞觀	七言律詩	冊二	606	寫景	平支
57	東門外遍歷諸園及僧院觀遊人之盛	七言律詩	冊二	634	寫景	平先
58	城東馬上作 其一	七言律詩	冊二	635	寫景	平庚
59	其二	七言律詩	冊二	635	寫景	平豪
60	小飲趙園	七言律詩	冊二	639	寫景	平寒
61	登劍南西川門感懷	七言律詩	冊二	644	寫景	平庚
62	宿上清宮	七言律詩	冊二	646	寫景	平庚
63	登上清小閣	七言律詩	冊二	647	寫景	平庚
64	眉州作	七言律詩	冊二	652	寫景	平眞
65	野步至青羊宮偶懷前年嘗劇飲于此	七言律詩	冊二	659	寫景	平東
66	晚步江上	七言律詩	冊二	669	寫景	平陽
67	夜行	七言律詩	冊二	670	寫景	平庚
68	暇日行城上同行追不能及	七言律詩	冊二	672	寫景	平支
69	西巖翠屏閣	七言律詩	冊二	683	寫景	平尤
70	中夜投宿修覺寺	七言律詩	冊二	690	寫景	平江
71	絕勝亭	七言律詩	冊二	691	寫景	平侵
72	秋晚登城北門	七言律詩	冊二	696	寫景	平尤
73	數日暗妍頗有春意予閑居無日不出遊戲作	七言律詩	冊二	704	寫景	平蕭

74	江亭冬望	七言律詩	冊二	730	寫景	平虞
75	初春出遊戲作	七言律詩	冊二	758	寫景	平先
76	初春探花有作	七言律詩	冊二	762	寫景	平東

四、人事主題

序號	詩　　　　名	體　裁	出處	頁次	主題	韻腳
1	送芮國器司業 其一	七言律詩	冊一	132	人事	平先
2	其二	七言律詩	冊一	133	人事	平微
3	江夏與章冠之遇別後寄贈	七言律詩	冊一	152	人事	平虞
4	過夷陵適值祈雪與葉使君清飲談括蒼舊游既行舟中雪作戲成長句奉寄	七言律詩	冊一	166	人事	平眞
5	秭歸醉中懷都下諸公示坐客	七言律詩	冊一	168	人事	平麻
6	晚晴書事呈同舍	七言律詩	冊一	185	人事	平東
7	夜登白帝城樓懷少陵先生	七言律詩	冊一	195	人事	平先
8	追懷曾文清公呈趙教授趙近嘗示詩	七言律詩	冊一	202	人事	平支
9	東屯呈同遊諸公	七言律詩	冊一	207	人事	平侵
10	別王伯高	七言律詩	冊一	208	人事	平侵
11	十二月十九日晚巫山送客歸回望西寺小閣縹緲可愛遂與趙郭二教授同游抵夜乃還楚鄉偶得長句呈二君	七言律詩	冊一	210	人事	平灰
12	過廣安弔張才叔諫議	七言律詩	冊一	218	人事	平庚
13	南池	七言律詩	冊一	221	人事	平東
14	送劉戒之東歸	七言律詩	冊一	239	人事	平庚
15	送范西叔赴召 其一	七言律詩	冊一	242	人事	平陽
16	其二	七言律詩	冊一	243	人事	平尤
17	寄鄧公壽	七言律詩	冊一	243	人事	平侵

18	簡章德茂	七言律詩	冊一	244	人事	平先
19	羅江驛翠望亭讀宋景文公詩	七言律詩	冊一	281	人事	平灰
20	簡南禪勤長老	七言律詩	冊一	296	人事	平元
21	初到蜀州寄成都諸友	七言律詩	冊一	298	人事	平支
22	自蜀州暫還成都奉簡諸公	七言律詩	冊一	298	人事	平眞
23	送客至江上	七言律詩	冊一	328	人事	平庚
24	重九會飲萬景樓	七言律詩	冊一	341	人事	平支
25	讀胡基仲舊詩有感	七言律詩	冊一	413	人事	平陽
26	離成都後卻寄公壽子友德稱	七言律詩	冊一	434	人事	平元
27	次韻周輔霧中作	七言律詩	冊一	459	人事	平支
28	送華師從劍州張秘書之招	七言律詩	冊一	472	人事	平尤
29	夜宴	七言律詩	冊二	547	人事	平寒
30	次韻范文淵	七言律詩	冊二	565	人事	平陽
31	野外劇飲示坐中	七言律詩	冊二	597	人事	平庚
32	待青城道人不至	七言律詩	冊二	600	人事	平先
33	和范待制月夜有感	七言律詩	冊二	610	人事	平微
34	和范待制秋興 其一	七言律詩	冊二	611	人事	平東
35	其二	七言律詩	冊二	611	人事	平文
36	其三	七言律詩	冊二	612	人事	平豪
37	和范待制秋日書懷二首游自七月病起蔬食止酒故詩中及之 其一	七言律詩	冊二	612	人事	平陽
38	其二	七言律詩	冊二	613	人事	平支
39	後陵永慶院在大西門外不及一里蓋王建墓也有二石幢時物又有太后墓琢石爲人馬甚偉	七言律詩	冊二	637	人事	平陽
40	和范舍人書懷	七言律詩	冊二	639	人事	平麻
41	和范舍人病後二詩末章兼呈張正字 其一	七言律詩	冊二	640	人事	平庚

42	其二	七言律詩	冊二	641	人事	平魚
43	青城縣會飲何氏池亭贈譚德稱	七言律詩	冊二	654	人事	平刪
44	訪昭覺老	七言律詩	冊二	667	人事	平庚
45	次韻使君吏部見贈時欲游鶴山以雨止	七言律詩	冊二	683	人事	平庚
46	獵罷夜飲示獨孤生 其一	七言律詩	冊二	693	人事	平支
47	其二	七言律詩	冊二	694	人事	平尤
48	其三	七言律詩	冊二	694	人事	平庚
49	簡譚德稱	七言律詩	冊二	711	人事	平咸
50	青羊宮小飲贈道士	七言律詩	冊二	723	人事	平麻
51	次韻季長見示	七言律詩	冊二	748	人事	平寒
52	寄王季夷	七言律詩	冊二	756	人事	平侵
53	予年十六始識葉晦叔於西湖上後二十七年晦叔之弟聲叔來爲臨邛守相遇於成都晦叔沒久矣訪其遺文略無在者乃賦此詩	七言律詩	冊二	761	人事	平尤

五、詠物主題

序號	詩　　　名	體　　裁	出處	頁次	主題	韻腳
1	梅花	七言律詩	冊一	284	詠物	平寒
2	再賦梅花	七言律詩	冊一	288	詠物	平先
3	分韻作梅花詩得東字	七言律詩	冊一	293	詠物	平東
4	宇文子友聞予有西郊尋梅詩以詩借觀次其韻	七言律詩	冊一	294	詠物	平陽
5	海棠	七言律詩	冊一	295	詠物	平東
6	嘉祐院觀壁間文湖州墨竹	七言律詩	冊一	300	詠物	平眞
7	嘉陽絕無木犀偶得一枝戲作	七言律詩	冊一	350	詠物	平先
8	梅花 其一	七言律詩	冊一	365	詠物	平寒
9	其二	七言律詩	冊一	365	詠物	平陽

10	其三	七言律詩	冊一	366	詠物	平陽
11	其四	七言律詩	冊一	366	詠物	平東
12	十一月八日夜燈下對梅花獨酌累日勞甚頗自慰也	七言律詩	冊一	376	詠物	平支
13	十二月初一日得梅一枝絕奇戲作長句今年於是四賦此花矣	七言律詩	冊一	385	詠物	平元
14	荀秀才送蠟梅十枝奇甚爲賦此詩	七言律詩	冊一	390	詠物	平支
15	湖上筍盛出戲作長句	七言律詩	冊一	402	詠物	平侵
16	漣漪亭賞梅	七言律詩	冊二	742	詠物	平支
17	浣花賞梅	七言律詩	冊二	743	詠物	平眞
18	蜀苑賞梅	七言律詩	冊二	744	詠物	平灰
19	次韻張季長正字梅花	七言律詩	冊二	747	詠物	平支
20	小飲落梅下戲作送梅一首	七言律詩	冊二	758	詠物	平尤
21	夜宴賞海棠醉書	七言律詩	冊二	766	詠物	平寒

附錄三：陸游蜀中時期近體詩目錄

詩　　　　名	體　裁	出　　　處	頁次	主題	韻腳
送芮國器司業　其一	七言律詩	《詩稿校注》冊一	132	人事	平先
其二	七言律詩	《詩稿校注》冊一	133	人事	平微
春陰	七言律詩	《詩稿校注》冊一	134	生活	平侵
宿楓橋	五言絕句	《詩稿校注》冊一	137	官宦	平冬
晚泊	七言律詩	《詩稿校注》冊一	138	官宦	平東
弔李翰林墓	七言律詩	《詩稿校注》冊一	139	人事	平先
雨中泊趙屯有感	七言律詩	《詩稿校注》冊一	140	官宦	平元
黃州	七言律詩	《詩稿校注》冊一	141	官宦	平尤
武昌感事	七言律詩	《詩稿校注》冊一	142	官宦	平東
夜思	五言律詩	《詩稿校注》冊一	143	官宦	平青
哀郢　其一	七言律詩	《詩稿校注》冊一	144	人事	平陽
其二	七言律詩	《詩稿校注》冊一	145	官宦	平眞
江陵道中作	五言律詩	《詩稿校注》冊一	145	官宦	平冬
初寒	七言律詩	《詩稿校注》冊一	146	官宦	平微
秋風	五言律詩	《詩稿校注》冊一	147	官宦	平陽
塔子磯	七言律詩	《詩稿校注》冊一	148	官宦	平庚
重陽	七言絕句	《詩稿校注》冊一	149	官宦	平陽

早寒	五言律詩	《詩稿校注》冊一	149	官宦	平寒
公安	五言律詩	《詩稿校注》冊一	150	官宦	平支
沙頭	五言律詩	《詩稿校注》冊一	150	官宦	平尤
大寒出江陵西門	七言律詩	《詩稿校注》冊一	151	官宦	平元
江夏與章冠之遇別後寄贈	七言律詩	《詩稿校注》冊一	152	人事	平虞
題江陵村店壁	五言律詩	《詩稿校注》冊一	153	官宦	平陽
馬上	七言律詩	《詩稿校注》冊一	153	官宦	平齊
水亭有懷	七言律詩	《詩稿校注》冊一	154	官宦	平東
移船	五言律詩	《詩稿校注》冊一	154	官宦	平眞
六言	六言絕句	《詩稿校注》冊一	156	官宦	平侵
江上	七言律詩	《詩稿校注》冊一	156	官宦	平支
旅食	五言律詩	《詩稿校注》冊一	157	官宦	平寒
松滋小酌	五言律詩	《詩稿校注》冊一	158	官宦	平陽
晚泊松滋渡口 其一	七言律詩	《詩稿校注》冊一	159	官宦	平刪
其二	七言律詩	《詩稿校注》冊一	159	官宦	平支
荊門多夜	七言律詩	《詩稿校注》冊一	160	官宦	平陽
三游洞前巖下小潭水甚奇取以煎茶	七言律詩	《詩稿校注》冊一	162	寫景	平陽
扇子峽山腹有草閣小亭極幽邃意其非俗人居也	五言律詩	《詩稿校注》冊一	163	寫景	平侵
蝦蟆碚	七言律詩	《詩稿校注》冊一	164	官宦	平先
過夷陵適值祈雪與葉使君清飲談括蒼舊游既行舟中雪作戲成 長句奉寄	七言律詩	《詩稿校注》冊一	166	人事	平眞
過東灉灘入馬肝峽	七言律詩	《詩稿校注》冊一	167	官宦	平豪
新安驛	七言律詩	《詩稿校注》冊一	168	官宦	平眞
秭歸醉中懷都下諸公示坐客	七言律詩	《詩稿校注》冊一	168	人事	平麻

憩歸州光孝寺寺後有冢近歲或發之得寶玉劍佩之類	七言律詩	《詩稿校注》冊一	169	官宦	平陽
飲罷寺門獨立有感	五言律詩	《詩稿校注》冊一	169	官宦	平東
泛溪船至巴東	五言律詩	《詩稿校注》冊一	170	官宦	平支
巴東遇小雨 其一	七言絕句	《詩稿校注》冊一	171	官宦	平東
其二	七言絕句	《詩稿校注》冊一	171	官宦	平支
秋風亭拜寇萊公遺像 其一	七言絕句	《詩稿校注》冊一	172	人事	平支
其二	七言絕句	《詩稿校注》冊一	172	人事	平庚
巴東令廨白雲亭	七言律詩	《詩稿校注》冊一	174	人事	平刪
謁巫山廟兩廡碑版甚眾皆言神佐禹開峽之功而詆宋玉高唐賦之妄予亦賦詩一首	七言律詩	《詩稿校注》冊一	175	人事	平多
聞猿	七言律詩	《詩稿校注》冊一	176	官宦	平支
登江樓	七言律詩	《詩稿校注》冊一	178	官宦	平尤
雪晴	七言律詩	《詩稿校注》冊一	179	生活	平庚
玉笈齋書事 其一	七言律詩	《詩稿校注》冊一	180	生活	平虞
其二	七言律詩	《詩稿校注》冊一	181	生活	平庚
記夢	七言絕句	《詩稿校注》冊一	182	生活	平虞
瀼西	五言律詩	《詩稿校注》冊一	183	官宦	平庚
山寺	七言律詩	《詩稿校注》冊一	184	寫景	平元
寒食	七言律詩	《詩稿校注》冊一	185	寫景	平麻
晚晴書事呈同舍	七言律詩	《詩稿校注》冊一	185	人事	平東
鄉中每以寒食立夏之間省墳客夔適逢此時淒然感懷 其一	七言律詩	《詩稿校注》冊一	186	生活	平支
其二	七言律詩	《詩稿校注》冊一	187	生活	平灰
寺院春晚	七言律詩	《詩稿校注》冊一	187	官宦	平元

倚闌	七言絕句	《詩稿校注》冊一	188	生活	平支
自詠	七言律詩	《詩稿校注》冊一	188	生活	平歌
午興	五言律詩	《詩稿校注》冊一	188	生活	平東
夜坐庭中	五言律詩	《詩稿校注》冊一	190	生活	平微
新蔬	七言絕句	《詩稿校注》冊一	190	詠物	平支
初夏懷故山	七言律詩	《詩稿校注》冊一	190	生活	平歌
初夏新晴	七言律詩	《詩稿校注》冊一	191	生活	平庚
定拆號日喜而有作	七言律詩	《詩稿校注》冊一	191	官宦	平尤
睡起	七言律詩	《詩稿校注》冊一	192	官宦	平虞
四月二十九日作	五言律詩	《詩稿校注》冊一	192	官宦	平眞
苦熱	七言律詩	《詩稿校注》冊一	192	官宦	平東
拆號前一日作	七言律詩	《詩稿校注》冊一	193	官宦	平麻
暴雨	五言律詩	《詩稿校注》冊一	193	生活	平齊
西齋雨後	七言律詩	《詩稿校注》冊一	194	生活	平陽
急雨	五言律詩	《詩稿校注》冊一	194	生活	平尤
晚晴聞角有感	七言律詩	《詩稿校注》冊一	194	生活	平庚
夏夜起坐南亭達曉不復寐	七言律詩	《詩稿校注》冊一	195	生活	平尤
夜登白帝城樓懷少陵先生	七言律詩	《詩稿校注》冊一	195	人事	平先
假日書事	七言律詩	《詩稿校注》冊一	196	官宦	平微
林亭書事 其一	七言律詩	《詩稿校注》冊一	196	官宦	平陽
其二	七言律詩	《詩稿校注》冊一	197	官宦	平陽
久病灼艾後獨臥有感	七言律詩	《詩稿校注》冊一	198	生活	平先
秋晚病起	五言律詩	《詩稿校注》冊一	199	生活	平庚
秋思	七言律詩	《詩稿校注》冊一	200	生活	平微
一病四十日天氣遂寒感懷有賦	七言律詩	《詩稿校注》冊一	200	生活	平寒
登城	五言律詩	《詩稿校注》冊一	201	官宦	平灰

夔州重陽	七言律詩	《詩稿校注》冊一	201	生活	平支
追懷曾文清公呈趙教授趙近嘗示詩	七言律詩	《詩稿校注》冊一	202	人事	平支
謝張廷老司理錄示山居詩 其一	七言絕句	《詩稿校注》冊一	203	人事	平陽
其二	七言絕句	《詩稿校注》冊一	204	人事	平支
南窗	五言律詩	《詩稿校注》冊一	205	生活	平歌
遣興	五言律詩	《詩稿校注》冊一	206	生活	平齊
九月三十日登城門東望凄然有感	七言律詩	《詩稿校注》冊一	206	生活	平尤
初冬野興	七言律詩	《詩稿校注》冊一	207	生活	平寒
東屯呈同遊諸公	七言律詩	《詩稿校注》冊一	207	人事	平侵
別王伯高	七言律詩	《詩稿校注》冊一	208	人事	平侵
醉中到白崖而歸	七言律詩	《詩稿校注》冊一	209	寫景	平東
十二月十九日晚巫山送客歸回望西寺小閣縹緲可愛遂與趙郭二教授同游抵夜乃還楚鄉偶得長句呈二君	七言律詩	《詩稿校注》冊一	210	人事	平灰
小市	七言律詩	《詩稿校注》冊一	212	官宦	平齊
戲題	七言絕句	《詩稿校注》冊一	214	官宦	平歌
馬上	七言律詩	《詩稿校注》冊一	216	官宦	平元
鄰山縣道上作	七言律詩	《詩稿校注》冊一	217	官宦	平元
鄰水延福寺早行	五言律詩	《詩稿校注》冊一	217	官宦	平先
過廣安弔張才叔諫議	七言律詩	《詩稿校注》冊一	218	人事	平庚
果州驛	七言律詩	《詩稿校注》冊一	219	官宦	平微
留樊亭三日王覺民檢詳日攜酒來飲海棠下比去花亦衰矣 其一	七言絕句	《詩稿校注》冊一	220	人事	平麻
其二	七言絕句	《詩稿校注》冊一	220	人事	平東
柳林酒家小樓	七言律詩	《詩稿校注》冊一	221	官宦	平尤

南池	七言律詩	《詩稿校注》冊一	221	人事	平東
唐長慶中南池新亭碑在漢高帝廟側亭已失所在矣	七言絕句	《詩稿校注》冊一	223	人事	平虞
聞杜鵑戲作絕句	七言絕句	《詩稿校注》冊一	223	官宦	平支
登慧照寺小閣	七言律詩	《詩稿校注》冊一	224	寫景	平尤
風雨中過龍洞閣	七言律詩	《詩稿校注》冊一	225	官宦	平虞
籌筆驛	七言絕句	《詩稿校注》冊一	227	官宦	平先
嘉川舖遇小雨景物尤奇	七言律詩	《詩稿校注》冊一	228	官宦	平灰
老君洞	七言絕句	《詩稿校注》冊一	229	人事	平多
大安病酒留半日王守復來招不往送酒解醒因小飲江月館	七言絕句	《詩稿校注》冊一	229	官宦	平尤
金牛道中遇寒食	七言律詩	《詩稿校注》冊一	230	官宦	平庚
曉發金牛	五言律詩	《詩稿校注》冊一	231	官宦	平陽
南鄭馬上作	七言律詩	《詩稿校注》冊一	234	官宦	平庚
和高子長參議道中二絕 其一	七言絕句	《詩稿校注》冊一	235	人事	平齊
其二	七言絕句	《詩稿校注》冊一	235	人事	平齊
次韻子長題吳太尉雲山亭	七言絕句	《詩稿校注》冊一	238	人事	平庚
送劉戒之東歸	七言律詩	《詩稿校注》冊一	239	人事	平庚
送范西叔赴召 其一	七言律詩	《詩稿校注》冊一	242	人事	平陽
其二	七言律詩	《詩稿校注》冊一	243	人事	平尤
寄鄧公壽	七言律詩	《詩稿校注》冊一	243	人事	平侵
簡章德茂	七言律詩	《詩稿校注》冊一	244	人事	平先
自三泉泛嘉陵至利州	七言絕句	《詩稿校注》冊一	245	官宦	平支
夜抵葭萌惠照寺寓榻小閣	七言律詩	《詩稿校注》冊一	246	官宦	平蕭
閬中作 其一	七言律詩	《詩稿校注》冊一	248	官宦	平麻
其二	七言律詩	《詩稿校注》冊一	249	官宦	平眞

仙魚舖得仲高兄書	七言絕句	《詩稿校注》冊一	250	人事	平魚
自閬復還漢中次益昌	七言律詩	《詩稿校注》冊一	251	官宦	平庚
驛亭小憩遣興	七言律詩	《詩稿校注》冊一	252	官宦	平支
再過龍洞閣	五言律詩	《詩稿校注》冊一	252	官宦	平尤
自笑	七言律詩	《詩稿校注》冊一	253	生活	平虞
三泉驛站	七言律詩	《詩稿校注》冊一	254	官宦	平元
嘉川舖得檄遂行中夜次小柏	七言律詩	《詩稿校注》冊一	254	官宦	平庚
歸次漢中境上	七言律詩	《詩稿校注》冊一	255	官宦	平尤
沔陽夜行	五言律詩	《詩稿校注》冊一	256	官宦	平冬
道中累日不肉食至西縣市中得羊因小酌	五言律詩	《詩稿校注》冊一	256	官宦	平元
初離興元	七言律詩	《詩稿校注》冊一	257	官宦	平灰
書事	七言律詩	《詩稿校注》冊一	259	官宦	平先
雨中過臨溪古堠	七言絕句	《詩稿校注》冊一	260	官宦	平庚
南沮水道中	五言律詩	《詩稿校注》冊一	260	官宦	平覃
長木晚興	七言律詩	《詩稿校注》冊一	261	官宦	平侵
遣興	七言律詩	《詩稿校注》冊一	261	官宦	平陽
赴成都泛舟自三泉至益昌謀以明年下三峽	七言律詩	《詩稿校注》冊一	262	官宦	平先
壬辰十月十三日自閬中還興元遊三泉龍門十一月二日自興元適成都復攜而曹往遊賦詩	五言排律	《詩稿校注》冊一	263	寫景	平尤
予行蜀漢間道出潭毒關下每憩羅漢院山光軒今復過之悵然有感	七言律詩	《詩稿校注》冊一	264	官宦	平尤
棧路書事	五言律詩	《詩稿校注》冊一	265	官宦	平先
雪晴行益昌道中頗有春意	七言律詩	《詩稿校注》冊一	266	官宦	平刪

劍門道中遇微雨	七言絕句	《詩稿校注》冊一	269	官宦	平元
劍門關	五言律詩	《詩稿校注》冊一	269	官宦	平眞
劍門城北回望劍關諸峰青入雲漢感蜀亡事慨然有賦	七言絕句	《詩稿校注》冊一	270	人事	平眞
過武連縣北柳池安國院煮泉試日鑄顧渚茶院有二泉皆甘寒傳云唐僖宗幸蜀在道不豫至此飲泉而愈賜名報國靈泉云 其一	七言絕句	《詩稿校注》冊一	271	人事	平刪
其二	七言絕句	《詩稿校注》冊一	272	人事	平眞
其三	七言絕句	《詩稿校注》冊一	272	生活	平麻
宿武連縣驛	七言律詩	《詩稿校注》冊一	272	官宦	平支
綿州魏成縣驛有羅江東詩云芳草有情皆礙馬好雲無處不遮樓戲用其韻	七言律詩	《詩稿校注》冊一	274	官宦	平尤
即事	七言律詩	《詩稿校注》冊一	275	官宦	平庚
青村寺	七言絕句	《詩稿校注》冊一	276	官宦	平元
行綿州道中	五言律詩	《詩稿校注》冊一	276	官宦	平元
越王樓 其一	七言絕句	《詩稿校注》冊一	277	官宦	平尤
其二	七言絕句	《詩稿校注》冊一	277	官宦	平尤
羅江驛翠望亭讀宋景文公詩	七言律詩	《詩稿校注》冊一	281	人事	平灰
鹿頭關過龐士元廟	五言律詩	《詩稿校注》冊一	282	人事	平支
嚴君平卜臺	七言絕句	《詩稿校注》冊一	284	人事	平灰
梅花	七言律詩	《詩稿校注》冊一	284	詠物	平寒
成都歲暮始微寒小酌遣興	七言律詩	《詩稿校注》冊一	288	生活	平寒
再賦梅花	七言律詩	《詩稿校注》冊一	288	詠物	平先
睡起書事	七言律詩	《詩稿校注》冊一	291	生活	平多
分韻作梅花詩得東字	七言律詩	《詩稿校注》冊一	293	詠物	平東

宇文子友聞予有西郊尋梅詩以詩借觀次其韻	七言律詩	《詩稿校注》冊一	294	詠物	平陽
海棠	七言律詩	《詩稿校注》冊一	295	詠物	平東
簡南禪勤長老	七言律詩	《詩稿校注》冊一	296	人事	平元
和譚德稱送牡丹 其一	七言絕句	《詩稿校注》冊一	296	詠物	平尤
其二	七言絕句	《詩稿校注》冊一	297	詠物	平東
初到蜀州寄成都諸友	七言律詩	《詩稿校注》冊一	298	人事	平支
自蜀州暫還成都奉簡諸公	七言律詩	《詩稿校注》冊一	298	人事	平眞
摩訶池	五言律詩	《詩稿校注》冊一	299	寫景	平元
嘉祐院觀壁間文湖州墨竹	七言律詩	《詩稿校注》冊一	300	題畫	平眞
春晚書懷 其一	七言律詩	《詩稿校注》冊一	301	生活	平東
其二	七言律詩	《詩稿校注》冊一	302	生活	平庚
其三	七言律詩	《詩稿校注》冊一	302	生活	平灰
思政堂東軒偶題	七言絕句	《詩稿校注》冊一	304	生活	平蕭
荔枝樓小酌 其一	七言絕句	《詩稿校注》冊一	305	生活	平灰
其二	七言絕句	《詩稿校注》冊一	305	生活	平先
望雲樓晚興	七言律詩	《詩稿校注》冊一	306	生活	平支
登荔枝樓 其一	七言律詩	《詩稿校注》冊一	309	寫景	平尤
再賦荔枝樓	七言律詩	《詩稿校注》冊一	310	寫景	平灰
能仁院前有石像丈余蓋作大像時樣也	七言絕句	《詩稿校注》冊一	311	寫景	平虞
謁凌雲大像	七言律詩	《詩稿校注》冊一	313	寫景	平眞
獨遊城西諸僧舍	七言律詩	《詩稿校注》冊一	315	寫景	平眞
西林院	七言律詩	《詩稿校注》冊一	316	寫景	平魚
聽事前紫薇花二本甚盛戲題絕句	七言絕句	《詩稿校注》冊一	317	詠物	平眞
同何元立蔡肩吾至東丁院汲泉煮茶 其一	七言絕句	《詩稿校注》冊一	317	寫景	平灰

其二	七言絕句	《詩稿校注》冊一	318	寫景	平眞
癸巳夏旁郡多苦旱惟漢嘉數得雨然未足也立秋夜三鼓雨至明日晡後未止高下沾足喜而有賦 其一	七言絕句	《詩稿校注》冊一	319	官宦（民生）	平先
其二	七言絕句	《詩稿校注》冊一	319	官宦（民生）	平麻
晚登望雲 其一	七言律詩	《詩稿校注》冊一	319	寫景	平先
其二	七言律詩	《詩稿校注》冊一	320	寫景	平寒
晦日西窗懷故山	七言律詩	《詩稿校注》冊一	321	生活	平微
秋日懷東湖 其一	七言律詩	《詩稿校注》冊一	321	生活	平支
其二	七言律詩	《詩稿校注》冊一	322	生活	平微
小山之南作曲欄石磴繚繞如棧道戲作二篇 其一	七言律詩	《詩稿校注》冊一	322	生活	平支
其二	七言律詩	《詩稿校注》冊一	323	生活	平刪
得成都諸友書勸少留嘉陽戲作	五言律詩	《詩稿校注》冊一	323	人事	平灰
道院	五言律詩	《詩稿校注》冊一	323	寫景	平元
醉中感懷	七言律詩	《詩稿校注》冊一	324	生活	平庚
夜思	七言律詩	《詩稿校注》冊一	326	生活	平灰
雨夜懷唐安	七言律詩	《詩稿校注》冊一	326	生活	平尤
迎詔書	七言絕句	《詩稿校注》冊一	327	官宦	平先
送客至江上	七言律詩	《詩稿校注》冊一	328	人事	平庚
雨中至西林寺	七言律詩	《詩稿校注》冊一	329	寫景	平文
休日登花將軍廟小樓	七言絕句	《詩稿校注》冊一	329	寫景	平尤
深居	七言律詩	《詩稿校注》冊一	330	生活	平齊
秋夜獨醉戲題	七言律詩	《詩稿校注》冊一	330	生活	平麻
感事	七言律詩	《詩稿校注》冊一	331	生活	平微

醉鄉	七言律詩	《詩稿校注》冊一	332	生活	平灰
社前一夕未昏輒寢中夜乃得寐	七言律詩	《詩稿校注》冊一	337	生活	平侵
晚雨	五言律詩	《詩稿校注》冊一	337	生活	平陽
社日	七言律詩	《詩稿校注》冊一	338	生活	平支
夜雨感懷	七言律詩	《詩稿校注》冊一	338	生活	平庚
八月二十二日嘉州大閱	七言律詩	《詩稿校注》冊一	339	官宦	平東
重九會飲萬景樓	七言律詩	《詩稿校注》冊一	341	人事	平支
久客書懷	五言排律	《詩稿校注》冊一	341	生活	平刪
初報嘉陽除官還東湖有期喜而有作	七言律詩	《詩稿校注》冊一	342	官宦	平青
何元立示九日詩臥病累日乃能次韻	七言律詩	《詩稿校注》冊一	345	生活	平尤
初寒	五言律詩	《詩稿校注》冊一	348	生活	平寒
嘉陽絕無木犀偶得一枝戲作	七言律詩	《詩稿校注》冊一	350	詠物	平先
雨後登西樓獨酌	七言律詩	《詩稿校注》冊一	350	生活	平文
喜晴	七言律詩	《詩稿校注》冊一	351	官宦（民生）	平齊
曉出城東	七言律詩	《詩稿校注》冊一	351	官宦	平先
出城至呂公亭按視修堤	七言律詩	《詩稿校注》冊一	355	官宦（民生）	平蒸
登樓	七言律詩	《詩稿校注》冊一	355	寫景	平刪
醉中作 其一	七言絕句	《詩稿校注》冊一	356	生活	平灰
其二	七言絕句	《詩稿校注》冊一	356	生活	平東
其三	七言絕句	《詩稿校注》冊一	357	生活	平庚
其四	七言絕句	《詩稿校注》冊一	357	生活	平寒
連日扶病領客殆不能支枕上懷故山偶成	七言律詩	《詩稿校注》冊一	360	生活	平陽

余往與宇文叔介同客山南今年叔介客死臨安十月十一日夜忽夢相從取架上書共讀如平生讀未竟忽辭去留之不可且欲歸校藥方既覺泫然不能已因賦此詩	七言絕句	《詩稿校注》冊一	360	人事	平侵
多日	五言律詩	《詩稿校注》冊一	363	生活	平灰
下元日五更詣天慶觀寶林寺	七言律詩	《詩稿校注》冊一	364	生活	平陽
梅花 其一	七言律詩	《詩稿校注》冊一	365	詠物	平寒
其二	七言律詩	《詩稿校注》冊一	365	詠物	平陽
其三	七言律詩	《詩稿校注》冊一	366	詠物	平陽
其四	七言律詩	《詩稿校注》冊一	366	詠物	平東
西園	七言律詩	《詩稿校注》冊一	367	寫景	平麻
曉坐	七言律詩	《詩稿校注》冊一	373	生活	平元
迓益帥馬上作	七言絕句	《詩稿校注》冊一	375	人事	平刪
十一月八日夜燈下對梅花獨酌累日勞甚頗自慰也	七言律詩	《詩稿校注》冊一	376	詠物	平支
歲晚書懷	五言律詩	《詩稿校注》冊一	380	官宦	平灰
累日倦甚不能觸客睡起戲作	七言律詩	《詩稿校注》冊一	381	生活	平先
種花	七言絕句	《詩稿校注》冊一	382	生活	平灰
多日	七言律詩	《詩稿校注》冊一	384	生活	平支
雨中睡起	七言律詩	《詩稿校注》冊一	384	生活	平齊
十二月初一日得梅一枝絕奇戲作長句今年於是四賦此花矣	七言律詩	《詩稿校注》冊一	385	詠物	平元
無題	七言律詩	《詩稿校注》冊一	385	生活	平微
快晴	七言律詩	《詩稿校注》冊一	386	生活	平灰
獨坐	七言律詩	《詩稿校注》冊一	387	生活	平微

荀秀才送蠟梅十枝奇甚爲賦此詩	七言律詩	《詩稿校注》冊一	390	詠物	平支
離嘉州宿平羌	七言律詩	《詩稿校注》冊一	390	宦宦	平元
遊修覺寺	七言律詩	《詩稿校注》冊一	392	寫景	平齊
晚步湖上	五言律詩	《詩稿校注》冊一	393	寫景	平微
暮春	七言律詩	《詩稿校注》冊一	393	寫景	平虞
小宴	五言律詩	《詩稿校注》冊一	400	生活	平灰
小閣納涼	七言律詩	《詩稿校注》冊一	401	生活	平虞
晨雨	七言律詩	《詩稿校注》冊一	401	生活	平先
湖上筍盛出戲作長句	七言律詩	《詩稿校注》冊一	402	詠物	平侵
雨後集湖上	七言律詩	《詩稿校注》冊一	402	寫景	平齊
過大蓬嶺度繩橋至杜秀才山莊	五言排律	《詩稿校注》冊一	403	寫景	平東
宿杜氏莊晨起遇雨	七言律詩	《詩稿校注》冊一	404	寫景	平蕭
翠圍院	五言律詩	《詩稿校注》冊一	404	寫景	平冬
慈雲院東閣小憩	五言律詩	《詩稿校注》冊一	406	寫景	平先
遊靈鷲寺堂中僧闐然獨作禮開山定心尊者尊者唐人有問法者輒點胸示之時號點點和尚	七言律詩	《詩稿校注》冊一	407	寫景	平支
桃源	七言律詩	《詩稿校注》冊一	408	寫景	平微
白塔院	五言律詩	《詩稿校注》冊一	408	寫景	平蒸
東湖新竹	七言律詩	《詩稿校注》冊一	409	寫景	平支
讀胡基仲舊詩有感	七言律詩	《詩稿校注》冊一	413	人事	平陽
夏日湖上	七言律詩	《詩稿校注》冊一	414	寫景	平尤
病後暑雨書懷	七言律詩	《詩稿校注》冊一	416	生活	平庚
湖上晚歸	五言律詩	《詩稿校注》冊一	422	寫景	平侵
久雨	七言律詩	《詩稿校注》冊一	427	生活	平魚
自唐安之成都	五言律詩	《詩稿校注》冊一	428	宦宦	平庚

故袍	七言絕句	《詩稿校注》冊一	429	生活	平灰
寓驛舍	七言律詩	《詩稿校注》冊一	430	官宦	平微
宴西樓	七言律詩	《詩稿校注》冊一	432	寫景	平東
月中歸驛舍	七言律詩	《詩稿校注》冊一	433	官宦	平庚
江瀆池醉歸馬上作	七言律詩	《詩稿校注》冊一	433	生活	平先
離成都後卻寄公壽子友德稱	七言律詩	《詩稿校注》冊一	434	人事	平元
晨至湖上 其一	五言律詩	《詩稿校注》冊一	435	寫景	平眞
其二	五言律詩	《詩稿校注》冊一	436	寫景	平支
池上見魚躍有懷姑熟舊遊	七言絕句	《詩稿校注》冊一	436	寫景	平支
作雨不成終夜極涼時去立秋五日也	五言律詩	《詩稿校注》冊一	437	生活	平灰
池上晚雨	七言律詩	《詩稿校注》冊一	438	寫景	平東
五十	五言律詩	《詩稿校注》冊一	438	生活	平歌
凭欄	五言律詩	《詩稿校注》冊一	439	寫景	平寒
秋思	七言律詩	《詩稿校注》冊一	440	生活	平侵
樊氏莊龜泉	五言絕句	《詩稿校注》冊一	441	寫景	平虞
書懷 其一	七言律詩	《詩稿校注》冊一	442	生活	平寒
其二	七言律詩	《詩稿校注》冊一	443	生活	平微
秋思 其一	七言律詩	《詩稿校注》冊一	443	生活	平庚
其二	七言律詩	《詩稿校注》冊一	444	生活	平支
其三	七言律詩	《詩稿校注》冊一	444	生活	平先
東園晚步	七言律詩	《詩稿校注》冊一	445	生活	平元
秋夜讀書戲作	七言絕句	《詩稿校注》冊一	445	生活	平魚
太平花	七言絕句	《詩稿校注》冊一	446	詠物	平麻
秋興	七言律詩	《詩稿校注》冊一	448	生活	平先
秋色	七言律詩	《詩稿校注》冊一	448	生活	平灰
秋聲	七言律詩	《詩稿校注》冊一	449	生活	平庚

觀長安城圖	七言律詩	《詩稿校注》冊一	449	生活（地圖）	平刪
夜讀了翁遺文有感	七言律詩	《詩稿校注》冊一	450	生活	平先
秋夜池上作	七言絕句	《詩稿校注》冊一	453	生活	平庚
蜀州大閱	七言律詩	《詩稿校注》冊一	455	官宦	平先
放懷亭獨立有感	七言律詩	《詩稿校注》冊一	456	寫景	平東
九月三日同呂周輔教授遊大邑諸山	七言律詩	《詩稿校注》冊一	456	寫景	平支
次韻周輔道中 其一	七言絕句	《詩稿校注》冊一	457	人事	平庚
其二	七言絕句	《詩稿校注》冊一	457	人事	平麻
夜宿鵠鳴山	七言絕句	《詩稿校注》冊一	458	寫景	平先
次韻周輔霧中作	七言律詩	《詩稿校注》冊一	459	人事	平支
擣藥鳥	七言絕句	《詩稿校注》冊一	461	詠物	平庚
出山	七言絕句	《詩稿校注》冊一	461	人事	平先
平雲亭	七言律詩	《詩稿校注》冊一	461	寫景	平庚
高秋亭	七言絕句	《詩稿校注》冊一	462	寫景	平青
九日小疾不出	七言律詩	《詩稿校注》冊一	462	生活	平陽
九日試霧中僧所贈茶	七言絕句	《詩稿校注》冊一	463	生活	平麻
自江源過雙流不宿徑行之成都	七言律詩	《詩稿校注》冊一	464	官宦	平尤
過綠楊橋	七言律詩	《詩稿校注》冊一	465	官宦	平蕭
客多福院晨起	七言律詩	《詩稿校注》冊一	466	官宦	平陽
雨中出謁歸晝臥	五言律詩	《詩稿校注》冊一	467	官宦	平文
夜食炒栗有感	七言絕句	《詩稿校注》冊一	468	生活	平支
秋夜懷吳中	七言律詩	《詩稿校注》冊一	469	生活	平支
儴遊閣	七言絕句	《詩稿校注》冊一	471	寫景	平東
送華師從劍州張秘書之招	七言律詩	《詩稿校注》冊一	472	人事	平尤
自嘲	七言律詩	《詩稿校注》冊二	476	生活	平陽

暮歸馬上作	七言律詩	《詩稿校注》冊二	476	生活	平支
瑞草橋	七言絕句	《詩稿校注》冊二	480	寫景	平蕭
將之榮州取道青城	七言律詩	《詩稿校注》冊二	480	官宦	平庚
題丈人觀道院壁	七言律詩	《詩稿校注》冊二	483	寫景	平寒
宿上清宮	七言律詩	《詩稿校注》冊二	483	宗教	平東
自上清延慶歸過丈人觀少留	七言律詩	《詩稿校注》冊二	484	寫景	平庚
儲福觀	五言律詩	《詩稿校注》冊二	486	寫景	平麻
布金院	七言律詩	《詩稿校注》冊二	488	寫景	平先
郫縣道中思故里	五言律詩	《詩稿校注》冊二	490	官宦	平覃
宿江原縣東十里張氏亭子未明而起	七言律詩	《詩稿校注》冊二	491	官宦	平豪
戲詠西州風土	五言律詩	《詩稿校注》冊二	492	寫景	平支
雙柏	五言律詩	《詩稿校注》冊二	494	詠物	平眞
戍卒說沉黎事有感	七言律詩	《詩稿校注》冊二	495	官宦	平青
平羌道中望峨眉山慨然有作	五言律詩	《詩稿校注》冊二	496	官宦	去漾
井研道中	五言律詩	《詩稿校注》冊二	498	官宦	平庚
賴牟鎮早行	七言律詩	《詩稿校注》冊二	499	官宦	平齊
城上 其一	七言律詩	《詩稿校注》冊二	500	寫景	平陽
其二	七言律詩	《詩稿校注》冊二	501	寫景	平東
西樓夕望	七言律詩	《詩稿校注》冊二	501	寫景	平東
甲午十一月十三夜夢右臂踴出一小劍長八九寸有光既覺猶微痛也	七言律詩	《詩稿校注》冊二	503	生活	平東
晚登橫溪閣 其一	七言律詩	《詩稿校注》冊二	505	寫景	平麻
其二	七言律詩	《詩稿校注》冊二	506	寫景	平支
昭德堂晚步	七言律詩	《詩稿校注》冊二	506	寫景	平陽
高齋小飲戲作	七言律詩	《詩稿校注》冊二	509	生活	平寒

乙未元日	七言律詩	《詩稿校注》冊二	511	官宦	平眞
別榮州	七言律詩	《詩稿校注》冊二	511	官宦	平眞
夏日過摩訶池	七言律詩	《詩稿校注》冊二	513	寫景	平庚
早行	五言律詩	《詩稿校注》冊二	513	官宦	平陽
天中節前三日大聖慈寺華嚴閣燃燈甚盛游人過於元夕	七言律詩	《詩稿校注》冊二	514	生活	平齊
喜雨	七言律詩	《詩稿校注》冊二	515	生活	平庚
暑行憩新都驛	七言律詩	《詩稿校注》冊二	516	官宦	平灰
自漢州之金堂過沈氏竹園小憩坐間微雨	七言律詩	《詩稿校注》冊二	518	寫景	平陽
彌牟鎮驛舍小酌	七言律詩	《詩稿校注》冊二	521	官宦	平魚
遊彌牟菩提院庭下有凌霄藤附古楠其高數丈花已零落滿地	七言絕句	《詩稿校注》冊二	521	寫景	平灰
伏日獨遊城西	七言律詩	《詩稿校注》冊二	522	寫景	平微
五鼓送客出城馬上作	五言律詩	《詩稿校注》冊二	523	人事	平尤
寓舍書懷	七言律詩	《詩稿校注》冊二	523	官宦	平蕭
試茶	七言律詩	《詩稿校注》冊二	525	生活	平尤
成都大閱	七言律詩	《詩稿校注》冊二	525	官宦	平眞
書懷	七言律詩	《詩稿校注》冊二	526	生活	平支
成都書事 其一	七言律詩	《詩稿校注》冊二	528	生活	平微
其二	七言律詩	《詩稿校注》冊二	529	生活	平庚
雙溪道中	五言律詩	《詩稿校注》冊二	529	官宦	平元
牛飲市中小飲呈坐客	七言律詩	《詩稿校注》冊二	530	生活	平東
自警	七言律詩	《詩稿校注》冊二	531	生活	平支
午寢	七言律詩	《詩稿校注》冊二	531	生活	平支
明日午睡至暮復次前韻	七言律詩	《詩稿校注》冊二	532	生活	平支
對酒	七言律詩	《詩稿校注》冊二	533	生活	平眞

人日飯昭覺	七言律詩	《詩稿校注》冊二	534	官宦	平陽
上元前一日	五言律詩	《詩稿校注》冊二	534	官宦	平支
上元 其一	七言律詩	《詩稿校注》冊二	535	生活	平灰
其二	七言律詩	《詩稿校注》冊二	535	生活	平東
春晴暄甚遊西市施家園	七言律詩	《詩稿校注》冊二	537	寫景	平尤
花時遍遊諸家園 其一	七言絕句	《詩稿校注》冊二	538	詠物	平先
其二	七言絕句	《詩稿校注》冊二	538	詠物	平陽
其三	七言絕句	《詩稿校注》冊二	539	詠物	平麻
其四	七言絕句	《詩稿校注》冊二	539	詠物	平文
其五	七言絕句	《詩稿校注》冊二	539	詠物	平庚
其六	七言絕句	《詩稿校注》冊二	540	詠物	平微
其七	七言絕句	《詩稿校注》冊二	540	詠物	平豪
其八	七言絕句	《詩稿校注》冊二	541	詠物	平尤
其九	七言絕句	《詩稿校注》冊二	541	詠物	平東
其十	七言絕句	《詩稿校注》冊二	542	詠物	平眞
曉過萬里橋	五言律詩	《詩稿校注》冊二	542	寫景	平先
自合江亭涉江至趙園	七言律詩	《詩稿校注》冊二	542	寫景	平庚
春晴	七言律詩	《詩稿校注》冊二	543	生活	平庚
春寒連日不出	七言律詩	《詩稿校注》冊二	546	生活	平寒
馬上偶成	七言律詩	《詩稿校注》冊二	547	生活	平陽
夜宴	七言律詩	《詩稿校注》冊二	547	人事	平寒
觀音院讀壁間蘇在廷少卿兩小詩次韻 其一	七言絕句	《詩稿校注》冊二	547	人事	平庚
其二	七言絕句	《詩稿校注》冊二	548	人事	平先
晚起	七言律詩	《詩稿校注》冊二	549	生活	平先
雨	七言律詩	《詩稿校注》冊二	550	生活	平微
春晚書懷	七言律詩	《詩稿校注》冊二	550	生活	平支

出朝天門繚長堤至劉侍郎廟由小西門歸	七言律詩	《詩稿校注》冊二	551	生活	平庚
夜分讀書有感	七言律詩	《詩稿校注》冊二	551	生活	平文
春殘	七言律詩	《詩稿校注》冊二	553	生活	平微
武擔東臺晚望	七言律詩	《詩稿校注》冊二	554	寫景	平東
行武擔西南村落有感	七言律詩	《詩稿校注》冊二	554	生活	平元
小飲房園	七言律詩	《詩稿校注》冊二	555	生活	平麻
飯昭覺寺抵暮乃歸	七言律詩	《詩稿校注》冊二	555	寫景	平先
自芳華樓過瑤林莊	七言律詩	《詩稿校注》冊二	556	寫景	平蕭
書懷	七言律詩	《詩稿校注》冊二	557	生活	平東
卜居 其一	七言律詩	《詩稿校注》冊二	558	生活	平刪
其二	七言律詩	《詩稿校注》冊二	558	生活	平陽
馬上	七言律詩	《詩稿校注》冊二	559	生活	平陽
書歎	七言律詩	《詩稿校注》冊二	560	生活	平侵
三月一日府宴學射山	七言律詩	《詩稿校注》冊二	561	寫景	平東
題直舍壁	七言絕句	《詩稿校注》冊二	562	生活	平支
三月十六日作	七言律詩	《詩稿校注》冊二	564	生活	平尤
食薺 其一	七言絕句	《詩稿校注》冊二	564	生活	平微
其二	七言絕句	《詩稿校注》冊二	565	生活	平支
其三	七言絕句	《詩稿校注》冊二	565	生活	平眞
次韻范文淵	七言律詩	《詩稿校注》冊二	565	人事	平陽
登子城新樓遍至西園池亭	七言律詩	《詩稿校注》冊二	567	寫景	平歌
小疾謝客	七言律詩	《詩稿校注》冊二	568	生活	平支
歸耕	七言律詩	《詩稿校注》冊二	569	生活	平虞
遣興	七言律詩	《詩稿校注》冊二	571	生活	平東
野意	七言律詩	《詩稿校注》冊二	572	生活	平支
過野人家有感	七言律詩	《詩稿校注》冊二	574	寫景	平微

幽居晚興	七言律詩	《詩稿校注》 冊二	574	生活	平陽
飯保福	七言律詩	《詩稿校注》 冊二	575	生活	平庚
觀華嚴閣僧齋	七言絕句	《詩稿校注》 冊二	575	生活	平東
閑中偶題 其一	七言律詩	《詩稿校注》 冊二	576	生活	平陽
其二	七言律詩	《詩稿校注》 冊二	576	生活	平寒
病中戲書 其一	五言律詩	《詩稿校注》 冊二	577	生活	平侵
其二	五言律詩	《詩稿校注》 冊二	577	生活	平灰
其三	五言律詩	《詩稿校注》 冊二	577	生活	平眞
病起書懷 其一	七言律詩	《詩稿校注》 冊二	578	生活	平寒
其二	七言律詩	《詩稿校注》 冊二	579	生活	平東
寺樓月夜醉中戲作 其一	七言絕句	《詩稿校注》 冊二	579	寫景	平刪
其二	七言絕句	《詩稿校注》 冊二	580	寫景	平虞
其三	七言絕句	《詩稿校注》 冊二	580	寫景	平微
躬耕	七言律詩	《詩稿校注》 冊二	581	生活	平刪
晚興	七言律詩	《詩稿校注》 冊二	582	生活	平元
合江夜宴歸馬上作	七言律詩	《詩稿校注》 冊二	583	生活	平灰
齋居書事	七言律詩	《詩稿校注》 冊二	583	生活	平虞
午夢	七言絕句	《詩稿校注》 冊二	584	生活	平陽
江瀆池納涼	七言絕句	《詩稿校注》 冊二	584	生活	平陽
客自鳳州來言岐雍間事悵然有感	七言律詩	《詩稿校注》 冊二	587	生活	平庚
席上作	七言律詩	《詩稿校注》 冊二	588	寫景	平先
水亭偶題	七言律詩	《詩稿校注》 冊二	588	寫景	平支
久旱忽大雨涼甚小飲醉眠覺而有作	七言律詩	《詩稿校注》 冊二	591	生活	平陽
明日開霽益涼復得長句	七言律詩	《詩稿校注》 冊二	591	生活	平庚
感事	七言律詩	《詩稿校注》 冊二	593	生活	平微

睡	七言律詩	《詩稿校注》冊二	594	生活	平庚
飯罷碾茶戲書	七言絕句	《詩稿校注》冊二	595	生活	平元
月下醉題	七言律詩	《詩稿校注》冊二	596	生活	平支
野外劇飲示坐中	七言律詩	《詩稿校注》冊二	597	人事	平庚
連日得雨涼甚有作	七言律詩	《詩稿校注》冊二	600	生活	平陽
待青城道人不至	七言律詩	《詩稿校注》冊二	600	人事	平先
宿沱江彌勒院	五言律詩	《詩稿校注》冊二	602	寫景	平陽
學射道中感事	七言律詩	《詩稿校注》冊二	602	官宦	平尤
遊學射觀次壁間詩韻	七言律詩	《詩稿校注》冊二	603	寫景	平青
昇僊橋遇風雨大至憩小店	七言律詩	《詩稿校注》冊二	603	寫景	平灰
芳華樓夜宴	七言律詩	《詩稿校注》冊二	604	生活	平尤
遣興	七言律詩	《詩稿校注》冊二	605	生活	平庚
六月九日夜步月至朝真觀	七言律詩	《詩稿校注》冊二	606	寫景	平支
十日夜月中馬上作	七言律詩	《詩稿校注》冊二	607	生活	平虞
百歲	七言律詩	《詩稿校注》冊二	607	生活	平尤
獨飲醉臥比覺已夜半矣戲作此詩	七言律詩	《詩稿校注》冊二	608	生活	平庚
蒙恩奉祠桐柏	七言律詩	《詩稿校注》冊二	608	官宦	平刪
和范待制月夜有感	七言律詩	《詩稿校注》冊二	610	人事	平微
和范待制秋興 其一	七言律詩	《詩稿校注》冊二	611	人事	平東
其二	七言律詩	《詩稿校注》冊二	611	人事	平文
其三	七言律詩	《詩稿校注》冊二	612	人事	平豪
和范待制秋日書懷二首游自七月病起蔬食止酒故詩中及之 其一	七言律詩	《詩稿校注》冊二	612	人事	平陽
其二	七言律詩	《詩稿校注》冊二	613	人事	平支
歲晚	七言律詩	《詩稿校注》冊二	617	生活	平微
歲暮感懷	七言律詩	《詩稿校注》冊二	621	生活	平支

萬里橋江上習射	七言律詩	《詩稿校注》冊二	623	生活（箭術）	平庚
讀書 其一	七言絕句	《詩稿校注》冊二	625	生活	平魚
其二	七言絕句	《詩稿校注》冊二	626	生活	平元
晚過保福	七言律詩	《詩稿校注》冊二	626	生活	平魚
寺居睡覺 其一	七言絕句	《詩稿校注》冊二	629	生活	平庚
其二	七言絕句	《詩稿校注》冊二	629	生活	平陽
醉題	七言律詩	《詩稿校注》冊二	631	生活	平眞
芳華樓夜飲 其一	七言律詩	《詩稿校注》冊二	633	生活	平陽
其二	七言律詩	《詩稿校注》冊二	634	生活	平灰
東門外遍歷諸園及僧院觀遊人之盛	七言律詩	《詩稿校注》冊二	634	寫景	平先
城東馬上作 其一	七言律詩	《詩稿校注》冊二	635	寫景	平庚
其二	七言律詩	《詩稿校注》冊二	635	寫景	平豪
丁酉上元 其一	七言律詩	《詩稿校注》冊二	636	生活	平多
其二	七言律詩	《詩稿校注》冊二	636	生活	平元
其三	七言律詩	《詩稿校注》冊二	636	生活	平陽
後陵永慶院在大西門外不及一里蓋王建墓也有二石幢時物又有太后墓琢石爲人馬甚偉	七言律詩	《詩稿校注》冊二	637	人事	平陽
小飲趙園	七言律詩	《詩稿校注》冊二	639	寫景	平寒
和范舍人書懷	七言律詩	《詩稿校注》冊二	639	人事	平麻
和范舍人病後二詩末章兼呈張正字 其一	七言律詩	《詩稿校注》冊二	640	人事	平庚
其二	七言律詩	《詩稿校注》冊二	641	人事	平魚
夜聞雨聲	七言律詩	《詩稿校注》冊二	642	生活	平陽
海棠 其一	七言絕句	《詩稿校注》冊二	642	詠物	平齊
其二	七言絕句	《詩稿校注》冊二	643	詠物	平侵

登劍南西川門感懷	七言律詩	《詩稿校注》冊二	644	寫景	平庚
宿上清宮	七言律詩	《詩稿校注》冊二	646	寫景	平庚
登上清小閣	七言律詩	《詩稿校注》冊二	647	寫景	平庚
小憩長生觀飯已遂行	五言律詩	《詩稿校注》冊二	648	寫景	平眞
新津小宴之明日欲遊修覺寺以雨不果呈范舍人 其一	七言絕句	《詩稿校注》冊二	649	人事	平支
其二	七言絕句	《詩稿校注》冊二	650	人事	平灰
眉州作	七言律詩	《詩稿校注》冊二	652	寫景	平眞
青城縣會飲何氏池亭贈譚德稱	七言律詩	《詩稿校注》冊二	654	人事	平刪
題菴壁	七言律詩	《詩稿校注》冊二	655	生活	平魚
幽居 其一	七言律詩	《詩稿校注》冊二	656	生活	平文
其二	七言律詩	《詩稿校注》冊二	656	生活	平支
七月八日馬上作	五言律詩	《詩稿校注》冊二	658	生活	平先
江樓	五言律詩	《詩稿校注》冊二	658	寫景	平尤
夜登小南門城上	五言律詩	《詩稿校注》冊二	658	寫景	平庚
野步至青羊宮偶懷前年嘗劇飲于此	七言律詩	《詩稿校注》冊二	659	寫景	平東
月夜江瀆池納涼	五言律詩	《詩稿校注》冊二	660	寫景	平先
華亭院僧房 其一	七言絕句	《詩稿校注》冊二	660	寫景	平灰
其二	七言絕句	《詩稿校注》冊二	661	寫景	平麻
乾明院觀畫	七言律詩	《詩稿校注》冊二	661	藝術	平陽
自詠	七言律詩	《詩稿校注》冊二	663	生活	平眞
雜詠 其一	七言絕句	《詩稿校注》冊二	664	生活	平刪
其二	七言絕句	《詩稿校注》冊二	664	生活	平灰
其三	七言絕句	《詩稿校注》冊二	664	生活	平陽
其四	七言絕句	《詩稿校注》冊二	665	生活	平微

訪楊先輩不遇因至石室	五言律詩	《詩稿校注》冊二	666	人事	平庚
訪昭覺老	七言律詩	《詩稿校注》冊二	667	人事	平庚
晝臥	七言律詩	《詩稿校注》冊二	668	生活	平微
晚步江上	七言律詩	《詩稿校注》冊二	669	寫景	平陽
夜行	七言律詩	《詩稿校注》冊二	670	寫景	平庚
悲秋	七言律詩	《詩稿校注》冊二	670	生活	平尤
城北青蓮院方丈壁間有畫燕子者過客多題詩予亦戲作二絕句 其一	七言絕句	《詩稿校注》冊二	671	詠物	平魚
其二	七言絕句	《詩稿校注》冊二	671	詠物	平支
睡起	五言律詩	《詩稿校注》冊二	671	生活	上皓
天涯	七言律詩	《詩稿校注》冊二	672	生活	平尤
暇日行城上同行追不能及	七言律詩	《詩稿校注》冊二	672	寫景	平支
感秋	七言律詩	《詩稿校注》冊二	673	生活	平支
雙流旅社 其一	七言絕句	《詩稿校注》冊二	674	官宦	平庚
其二	七言絕句	《詩稿校注》冊二	674	官宦	平文
其三	七言絕句	《詩稿校注》冊二	675	官宦	平刪
早行至江原	七言律詩	《詩稿校注》冊二	675	官宦	平庚
安仁道中 其一	五言律詩	《詩稿校注》冊二	676	官宦	平尤
其二	五言律詩	《詩稿校注》冊二	676	官宦	平元
文君井	七言絕句	《詩稿校注》冊二	678	人事	平灰
書寓舍壁 其一	七言律詩	《詩稿校注》冊二	682	官宦	平尤
其二	七言律詩	《詩稿校注》冊二	682	官宦	平多
次韻使君吏部見贈時欲游鶴山以雨止	七言律詩	《詩稿校注》冊二	683	人事	平庚
西巖翠屏閣	七言律詩	《詩稿校注》冊二	683	寫景	平尤
幽居院	五言排律	《詩稿校注》冊二	684	寫景	平庚

天台院有小閣下臨官道予爲名日玉霄	七言絕句	《詩稿校注》冊二	685	寫景	平灰
山中小雨得宇文使君簡問嘗見張儼翁乎戲作一絕	七言絕句	《詩稿校注》冊二	686	人事	平文
雨中山行至松風亭忽澄霽	七言絕句	《詩稿校注》冊二	686	寫景	平刪
同王無玷羅用之訪臨邛道士墓	七言絕句	《詩稿校注》冊二	689	人事	平灰
中夜投宿修覺寺	七言律詩	《詩稿校注》冊二	690	寫景	平江
絕勝亭	七言律詩	《詩稿校注》冊二	691	寫景	平侵
雲谿觀竹戲書二絕句 其一	七言絕句	《詩稿校注》冊二	691	詠物	平虞
其二	七言絕句	《詩稿校注》冊二	692	詠物	平支
獵罷夜飲示獨孤生 其一	七言律詩	《詩稿校注》冊二	693	人事	平支
其二	七言律詩	《詩稿校注》冊二	694	人事	平尤
其三	七言律詩	《詩稿校注》冊二	694	人事	平庚
秋晚登城北門	七言律詩	《詩稿校注》冊二	696	寫景	平尤
夜飲	七言律詩	《詩稿校注》冊二	699	生活	平灰
暮秋 其一	五言律詩	《詩稿校注》冊二	699	生活	平陽
其二	五言律詩	《詩稿校注》冊二	700	生活	平尤
夜雨有感	七言律詩	《詩稿校注》冊二	700	生活	平肴
道室	五言律詩	《詩稿校注》冊二	701	宗教	平庚
初冬夜宴	七言律詩	《詩稿校注》冊二	702	生活	平陽
冬夜醉歸復小飲	五言律詩	《詩稿校注》冊二	703	生活	平眞
病酒述懷	七言律詩	《詩稿校注》冊二	703	生活	平東
數日暄妍頗有春意予閑居無日不出遊戲作	七言律詩	《詩稿校注》冊二	704	寫景	平蕭
遣興	五言律詩	《詩稿校注》冊二	704	生活	平歌
江樓醉中作	七言律詩	《詩稿校注》冊二	707	生活	平尤

曳策	七言律詩	《詩稿校注》冊二	707	生活	平灰
遙夜	五言律詩	《詩稿校注》冊二	709	生活	平尤
遠遊	七言律詩	《詩稿校注》冊二	710	官宦	平真
簡譚德稱	七言律詩	《詩稿校注》冊二	711	人事	平咸
排悶	七言律詩	《詩稿校注》冊二	712	生活	平微
夜意 其一	五言律詩	《詩稿校注》冊二	712	生活	平侵
其二	五言律詩	《詩稿校注》冊二	713	生活	平蒸
其三	五言律詩	《詩稿校注》冊二	713	生活	平元
得都下八月書報蒙恩牧敘州	七言律詩	《詩稿校注》冊二	716	官宦	平先
晚起 其一	七言律詩	《詩稿校注》冊二	717	生活	平先
其二	七言律詩	《詩稿校注》冊二	718	生活	平庚
夙興出謁	五言律詩	《詩稿校注》冊二	721	官宦	平魚
十一月三日過升仙橋作 其一	七言絕句	《詩稿校注》冊二	721	生活	平支
其二	七言絕句	《詩稿校注》冊二	722	生活	平虞
其三	七言絕句	《詩稿校注》冊二	722	生活	平刪
遣興	七言律詩	《詩稿校注》冊二	722	生活	平陽
青羊宮小飲贈道士	七言律詩	《詩稿校注》冊二	723	人事	平麻
夜寒 其一	七言絕句	《詩稿校注》冊二	724	生活	平支
其二	七言絕句	《詩稿校注》冊二	724	生活	平庚
記夢 其一	七言絕句	《詩稿校注》冊二	725	生活	平先
其二	七言絕句	《詩稿校注》冊二	726	生活	平虞
醉中出西門偶書	七言律詩	《詩稿校注》冊二	726	官宦	平蕭
訪客不遇	五言律詩	《詩稿校注》冊二	727	人事	平微
閑意	七言律詩	《詩稿校注》冊二	729	生活	平灰
飲罷夜歸	五言律詩	《詩稿校注》冊二	730	生活	平庚
江亭多望	七言律詩	《詩稿校注》冊二	730	寫景	平虞

一笑	七言律詩	《詩稿校注》冊二	732	生活	平寒
歲晚懷鏡湖舊隱慨然有作	七言律詩	《詩稿校注》冊二	733	生活	平尤
華髮	七言律詩	《詩稿校注》冊二	733	生活	平刪
歎息	七言律詩	《詩稿校注》冊二	734	生活	平蒸
冬至	七言律詩	《詩稿校注》冊二	735	生活	平灰
城南尋梅得絕句四首 其一	七言絕句	《詩稿校注》冊二	735	詠物	平支
其二	七言絕句	《詩稿校注》冊二	735	詠物	平微
其三	七言絕句	《詩稿校注》冊二	736	詠物	平元
其四	七言絕句	《詩稿校注》冊二	736	詠物	平覃
書歎	七言律詩	《詩稿校注》冊二	737	生活	平侵
枕上	五言律詩	《詩稿校注》冊二	740	生活	平尤
謁石犀廟	五言律詩	《詩稿校注》冊二	741	寫景	平微
江上散步尋梅偶得三絕句 其一	七言絕句	《詩稿校注》冊二	741	詠物	平寒
其二	七言絕句	《詩稿校注》冊二	741	詠物	平元
其三	七言絕句	《詩稿校注》冊二	742	詠物	平麻
漣漪亭賞梅	七言律詩	《詩稿校注》冊二	742	詠物	平支
浣花賞梅	七言律詩	《詩稿校注》冊二	743	詠物	平眞
蜀苑賞梅	七言律詩	《詩稿校注》冊二	744	詠物	平灰
次韻張季長正字梅花	七言律詩	《詩稿校注》冊二	747	詠物	平支
次韻季長見示	七言律詩	《詩稿校注》冊二	748	人事	平寒
廣都道中程季長	五言律詩	《詩稿校注》冊二	748	人事	平陽
看梅歸馬上戲作 其一	七言絕句	《詩稿校注》冊二	748	詠物	平元
其二	七言絕句	《詩稿校注》冊二	749	詠物	平庚
其三	七言絕句	《詩稿校注》冊二	749	詠物	平眞
其四	七言絕句	《詩稿校注》冊二	749	詠物	平庚
其五	七言絕句	《詩稿校注》冊二	750	詠物	平微

客愁	七言律詩	《詩稿校注》冊二	751	官宦	平侵
詩酒	五言律詩	《詩稿校注》冊二	752	官宦	平歌
道室夜意	五言律詩	《詩稿校注》冊二	752	生活	平青
道室晨起	五言律詩	《詩稿校注》冊二	753	生活	平先
道上見梅花	七言絕句	《詩稿校注》冊二	755	詠物	平眞
倚樓	七言律詩	《詩稿校注》冊二	755	生活	平眞
寄王季夷	七言律詩	《詩稿校注》冊二	756	人事	平侵
正月二日晨出大東門是日府公宴移忠院	五言律詩	《詩稿校注》冊二	757	寫景	平先
小飲落梅下戲作送梅一首	七言律詩	《詩稿校注》冊二	758	詠物	平尤
立春	七言絕句	《詩稿校注》冊二	758	生活	平灰
初春出遊戲作	七言律詩	《詩稿校注》冊二	758	寫景	平先
初春遣興三首始於志退休而終於惓惓許國之忠亦臣子大義也 其一	七言律詩	《詩稿校注》冊二	759	官宦	平寒
其二	七言律詩	《詩稿校注》冊二	760	官宦	平寒
其三	七言律詩	《詩稿校注》冊二	760	官宦	平寒
予年十六始識葉晦叔於西湖上後二十七年晦叔之弟聲叔來為臨邛守相遇於成都晦叔沒久矣訪其遺文略無在者乃賦此詩	七言律詩	《詩稿校注》冊二	761	人事	平尤
初春探花有作	七言律詩	《詩稿校注》冊二	762	寫景	平東
夜飲即事	七言律詩	《詩稿校注》冊二	765	生活	平覃
夜宴賞海棠醉書	七言律詩	《詩稿校注》冊二	766	詠物	平寒
即席	七言律詩	《詩稿校注》冊二	767	官宦	平庚
東歸有日書懷	七言律詩	《詩稿校注》冊二	768	官宦	平微

附錄四：陸游蜀中時期古體詩目錄

詩　　　　名	體　裁	出　　處	頁次	主題
將赴官夔府書懷	五言古詩	《詩稿校注》冊一	131	官宦
投梁參政	五言古詩	《詩稿校注》冊一	135	人事
金山觀日出	五言古詩	《詩稿校注》冊一	138	寫景
石首縣雨中繫舟戲作短歌	七言古詩	《詩稿校注》冊一	146	官宦
醉歌	七言古詩	《詩稿校注》冊一	147	官宦
將離江陵	五言古詩	《詩稿校注》冊一	155	官宦
滄灘	七言古詩	《詩稿校注》冊一	157	官宦
繫舟下牢溪游三游洞二十八韻	五言古詩	《詩稿校注》冊一	160	寫景
黃牛峽廟	五言古詩	《詩稿校注》冊一	165	官宦
泊虎頭灘下	五言古詩	《詩稿校注》冊一	167	官宦
瞿唐行	七言古詩	《詩稿校注》冊一	176	官宦
入瞿唐登白帝廟	五言古詩	《詩稿校注》冊一	177	寫景
雪中臥病在告戲作	五言古詩	《詩稿校注》冊一	179	生活
蹋磧	七言古詩	《詩稿校注》冊一	184	生活
風雨中望峽口諸山奇甚戲作短歌	七言古詩	《詩稿校注》冊一	189	寫景
遊臥龍寺	七言古詩	《詩稿校注》冊一	197	寫景
秋晴欲出城以事不果	七言古詩	《詩稿校注》冊一	204	官宦

書驛壁 其一	七言古詩	《詩稿校注》冊一	208	官宦
其二	七言古詩	《詩稿校注》冊一	209	官宦
飯三折舖舖在亂山中	七言古詩	《詩稿校注》冊一	211	寫景
酒無獨飲理	五言古詩	《詩稿校注》冊一	212	生活
畏虎	五言古詩	《詩稿校注》冊一	213	官宦
蟠龍瀑布	五言古詩	《詩稿校注》冊一	214	寫景
題梁山軍瑞豐亭	七言古詩	《詩稿校注》冊一	215	人事
岳池農家	七言古詩	《詩稿校注》冊一	218	生活
鼓樓舖醉歌	五言古詩	《詩稿校注》冊一	223	官宦
春雨	五言古詩	《詩稿校注》冊一	225	官宦
驛舍海棠已過有感	七言古詩	《詩稿校注》冊一	226	官宦
山南行	七言古詩	《詩稿校注》冊一	232	官宦
次韻張季長題龍洞	五言古詩	《詩稿校注》冊一	237	人事
周元吉蟠室詩	五言古詩	《詩稿校注》冊一	240	人事
木瓜舖短歌	七言古詩	《詩稿校注》冊一	245	官宦
太息 其一	五言古詩	《詩稿校注》冊一	246	官宦
其二	五言古詩	《詩稿校注》冊一	248	官宦
遊錦屏山謁少陵祠堂	七言古詩	《詩稿校注》冊一	249	人事
自興元赴官成都	五言古詩	《詩稿校注》冊一	258	官宦
長木夜行抵金堆市	五言古詩	《詩稿校注》冊一	262	官宦
思歸引	七言古詩	《詩稿校注》冊一	266	官宦
誌公院在劍門東五里院東石壁間有若僧負杖者杖端髣髴有刀尺拂子之狀	七言古詩	《詩稿校注》冊一	267	敘事
丹芝行	七言古詩	《詩稿校注》冊一	270	宗教
初入西州境述懷	五言古詩	《詩稿校注》冊一	273	官宦
東津	七言古詩	《詩稿校注》冊一	278	寫景

東山	七言古詩	《詩稿校注》冊一	278	寫景
綿州錄參廳觀姜楚公畫鷹少陵爲作詩者	七言古詩	《詩稿校注》冊一	279	詠物
遊漢州西湖	七言古詩	《詩稿校注》冊一	282	寫景
拜張忠定公祠二十韻	五言古詩	《詩稿校注》冊一	285	人事
登塔	五言古詩	《詩稿校注》冊一	289	寫景
先主廟次唐貞元中張儼詩韻 其一	五言古詩	《詩稿校注》冊一	290	人事
其二	五言古詩	《詩稿校注》冊一	290	人事
其三	五言古詩	《詩稿校注》冊一	291	人事
西郊尋梅	七言古詩	《詩稿校注》冊一	292	詠物
三月十七日夜醉中作	七言古詩	《詩稿校注》冊一	299	生活
偶憶萬州戲作短歌	七言古詩	《詩稿校注》冊一	303	生活
驛舍見故屏風畫海棠有感	七言古詩	《詩稿校注》冊一	303	詠物
嘉陽官舍奇石甚富散棄無領略者予始取作假山因名西齋曰小山堂爲賦短歌	七言古詩	《詩稿校注》冊一	306	生活
護國天王院故神霄玉清萬壽宮也廢圮略盡而規模尚極壯麗過之有感	七言古詩	《詩稿校注》冊一	307	寫景
凌雲醉歸作	七言古詩	《詩稿校注》冊一	314	寫景
立秋後十日風雨淒冷獨居有感	五言古詩	《詩稿校注》冊一	320	生活
玻瓈江	七言古詩	《詩稿校注》冊一	324	擬古
秋夜遣懷	七言古詩	《詩稿校注》冊一	327	生活
夜讀岑嘉州詩集	五言古詩	《詩稿校注》冊一	332	人事
次韻師伯渾見寄	七言古詩	《詩稿校注》冊一	335	人事
九月六夜夢中作笑詩覺而忘之明日戲追補一首	七言古詩	《詩稿校注》冊一	340	生活
聞勾龍司戶會客山亭送酒殽及橄欖并簡諸同僚	五言古詩	《詩稿校注》冊一	343	人事

九月十六日夜夢駐軍河外遣使招降諸城覺而有作	七言古詩	《詩稿校注》冊一	344	生活
成都行	七言古詩	《詩稿校注》冊一	345	地理
聞虜亂有感	七言古詩	《詩稿校注》冊一	346	軍事
醉歌	五言古詩	《詩稿校注》冊一	347	生活
木山	七言古詩	《詩稿校注》冊一	348	詠物
寒夜遣懷	五言古詩	《詩稿校注》冊一	349	生活
寶劍吟	五言古詩	《詩稿校注》冊一	352	詠物
十月一日浮橋成以故事宴客凌雲	七言古詩	《詩稿校注》冊一	352	人事
聞王嘉叟訃報有作	七言古詩	《詩稿校注》冊一	354	人事
觀大散關圖有感	七言古詩	《詩稿校注》冊一	358	生活
嘉州守宅舊無後圃因農事之隙為種花筑亭觀甫成而歸戲作長句	七言古詩	《詩稿校注》冊一	359	生活
金錯刀行	七言古詩	《詩稿校注》冊一	361	官宦
言懷	五言古詩	《詩稿校注》冊一	361	生活
十月九日與客飲忽記去年此時自錦屏歸山南道中小獵今又將去此矣	七言古詩	《詩稿校注》冊一	362	生活
十月十四夜月終夜如晝	五言古詩	《詩稿校注》冊一	364	寫景
胡無人	七言古詩	《詩稿校注》冊一	367	官宦
公無渡河	七言古詩	《詩稿校注》冊一	368	人事
長門怨	五言古詩	《詩稿校注》冊一	369	宮怨
長信宮詞	七言古詩	《詩稿校注》冊一	369	宮怨
銅雀妓	七言古詩	《詩稿校注》冊一	370	宮怨
得韓无咎書寄使虜時宴東都驛中所作小闋	七言古詩	《詩稿校注》冊一	371	人事
斷碑歎	七言古詩	《詩稿校注》冊一	373	人事
夜行至平羌憩大悲院	五言古詩	《詩稿校注》冊一	374	寫景

蜀酒歌	七言古詩	《詩稿校注》冊一	376	人事
醉後草書歌詩戲作	七言古詩	《詩稿校注》冊一	377	生活
古藤杖歌	七言古詩	《詩稿校注》冊一	379	詠物
雨中登樓望大像	七言古詩	《詩稿校注》冊一	382	寫景
迎赦呈王志夫李德孺師伯渾	七言古詩	《詩稿校注》冊一	383	人事
十二月十一日視築隄	七言古詩	《詩稿校注》冊一	387	官宦
題龍鶴菜帖	五言古詩	《詩稿校注》冊一	388	書畫
春愁曲	七言古詩	《詩稿校注》冊一	389	生活
瑞草橋道中作	七言古詩	《詩稿校注》冊一	391	官宦
池上醉歌	七言古詩	《詩稿校注》冊一	394	生活
四月五夜見螢	七言古詩	《詩稿校注》冊一	395	生活
塞上曲	五言古詩	《詩稿校注》冊一	395	軍事
夜聞塔鈴及泉聲	五言古詩	《詩稿校注》冊一	396	生活
曉歎	七言古詩	《詩稿校注》冊一	397	官宦
苦筍	七言古詩	《詩稿校注》冊一	398	詠物
月下作 其一	五言古詩	《詩稿校注》冊一	399	生活
其二	五言古詩	《詩稿校注》冊一	400	生活
野飯	五言古詩	《詩稿校注》冊一	405	生活
化成院	五言古詩	《詩稿校注》冊一	405	寫景
急雨	七言古詩	《詩稿校注》冊一	408	官宦
睡起試茶	七言古詩	《詩稿校注》冊一	410	生活
五月五日蜀州放解牓第一人楊監具慶下孤生愴然有感	七言古詩	《詩稿校注》冊一	411	人事
病酒新愈獨臥蘋風閣戲書	七言古詩	《詩稿校注》冊一	412	生活
神君歌	七言古詩	《詩稿校注》冊一	412	人事
對酒歎	七言古詩	《詩稿校注》冊一	415	生活
雨聲	七言古詩	《詩稿校注》冊一	416	生活

同何元立賞荷花追懷鏡湖舊遊	七言古詩	《詩稿校注》冊一	416	寫景
小樓	七言古詩	《詩稿校注》冊一	417	寫景
怡齋	七言古詩	《詩稿校注》冊一	418	寫景
龍湫歌	七言古詩	《詩稿校注》冊一	418	敘事
月夕	五言古詩	《詩稿校注》冊一	419	寫景
蒸暑思梁州述懷	七言古詩	《詩稿校注》冊一	420	軍事
秋聲	七言古詩	《詩稿校注》冊一	422	軍事
觀小孤山圖	七言古詩	《詩稿校注》冊一	423	寫景
飲酒	七言古詩	《詩稿校注》冊一	424	生活
北窗梧葉坐間落四五有感	五言古詩	《詩稿校注》冊一	425	生活
神山歌	七言古詩	《詩稿校注》冊一	425	敘事
古意	五言古詩	《詩稿校注》冊一	427	生活
度筰	七言古詩	《詩稿校注》冊一	428	官宦
寓寶相有作	五言古詩	《詩稿校注》冊一	429	寫景
題宇文子友所藏薛公鶴	七言古詩	《詩稿校注》冊一	431	生活
六月二十五日曉出郊	七言古詩	《詩稿校注》冊一	436	寫景
記夢	七言古詩	《詩稿校注》冊一	439	生活
聽琴	七言古詩	《詩稿校注》冊一	440	生活
醉書	五言古詩	《詩稿校注》冊一	441	生活
日暮至湖上	五言古詩	《詩稿校注》冊一	446	寫景
雨中作	五言古詩	《詩稿校注》冊一	450	生活
雷	七言古詩	《詩稿校注》冊一	451	生活
龍眠畫馬	七言古詩	《詩稿校注》冊一	452	生活
秋雨	五言古詩	《詩稿校注》冊一	454	生活
臥病	五言古詩	《詩稿校注》冊一	454	生活
夢入禪林有老宿方升座或云通悟禪師也	七言古詩	《詩稿校注》冊一	455	生活

憩黃秀才書堂	五言古詩	《詩稿校注》冊一	458	人事
山中得長句戲呈周輔并簡朱縣丞	七言古詩	《詩稿校注》冊一	459	人事
我有美酒歌	七言古詩	《詩稿校注》冊一	463	生活
五鼓自簇橋入府	五言古詩	《詩稿校注》冊一	465	官宦
長歌行	七言古詩	《詩稿校注》冊一	467	官宦
遊三井觀	五言古詩	《詩稿校注》冊一	469	寫景
寓居小菴纔丈丈戲作	五言古詩	《詩稿校注》冊一	472	生活
江上對酒作	五言古詩	《詩稿校注》冊二	475	生活
臨別成都帳飲萬里橋贈譚德稱	七言古詩	《詩稿校注》冊二	477	人事
夜宿二江驛	七言古詩	《詩稿校注》冊二	478	官宦
涉白馬渡慨然有懷	七言古詩	《詩稿校注》冊二	479	官宦
丈人觀	七言古詩	《詩稿校注》冊二	481	寫景
長生觀觀月	七言古詩	《詩稿校注》冊二	485	寫景
龍門洞	五言古詩	《詩稿校注》冊二	487	寫景
離堆伏龍祠觀孫太古畫英惠王像	七言古詩	《詩稿校注》冊二	488	生活
登灌口廟東大樓觀緡江雪山	七言古詩	《詩稿校注》冊二	489	寫景
宿彭山縣通津驛大風鄰園多喬木終夜有聲	七言古詩	《詩稿校注》冊二	492	官宦
眉州郡燕大醉中間道馳出城宿石佛院	七言古詩	《詩稿校注》冊二	494	寫景
次韻何元立都曹贈行	五言古詩	《詩稿校注》冊二	496	人事
次韻楊嘉父先輩贈行	五言古詩	《詩稿校注》冊二	497	人事
入榮州境	七言古詩	《詩稿校注》冊二	497	官宦
初到榮州	七言古詩	《詩稿校注》冊二	499	官宦
醉中懷眉山舊遊	七言古詩	《詩稿校注》冊二	502	生活
登城望西崦	五言古詩	《詩稿校注》冊二	503	寫景
齋中夜坐有感	七言古詩	《詩稿校注》冊二	504	生活

龍洞	七言古詩	《詩稿校注》冊二	507	寫景
客中夜寒戲作長謠	七言古詩	《詩稿校注》冊二	508	生活
太液黃鵠歌	七言古詩	《詩稿校注》冊二	509	擬古
自唐安徙家來和義出城迎之馬上作	五言古詩	《詩稿校注》冊二	510	官宦
聞仲高從兄訃	五言古詩	《詩稿校注》冊二	512	人事
夜聞浣花江聲甚壯	七言古詩	《詩稿校注》冊二	515	寫景
早發新都驛	五言古詩	《詩稿校注》冊二	517	官宦
謁諸葛丞相廟	七言古詩	《詩稿校注》冊二	517	人事
自小雲頂上雲頂寺	五言古詩	《詩稿校注》冊二	519	寫景
馬上微雨	五言古詩	《詩稿校注》冊二	520	寫景
樓上醉歌	七言古詩	《詩稿校注》冊二	522	生活
夜登城樓	五言古詩	《詩稿校注》冊二	524	生活
遊大智寺	五言古詩	《詩稿校注》冊二	527	寫景
看月睡晚戲作	五言古詩	《詩稿校注》冊二	528	生活
白髮	五言古詩	《詩稿校注》冊二	531	生活
醉中長歌	七言古詩	《詩稿校注》冊二	532	生活
喜譚德稱歸	五言古詩	《詩稿校注》冊二	536	人事
春感	七言古詩	《詩稿校注》冊二	536	生活
題明皇幸蜀圖	七言古詩	《詩稿校注》冊二	544	詠物
錦亭	七言古詩	《詩稿校注》冊二	548	寫景
中夜聞大雷雨	七言古詩	《詩稿校注》冊二	552	生活
遊東郭趙氏園	五言古詩	《詩稿校注》冊二	557	寫景
夜登江樓	七言古詩	《詩稿校注》冊二	559	寫景
對酒	七言古詩	《詩稿校注》冊二	561	生活
遊圓覺乾明祥符三院至暮	七言古詩	《詩稿校注》冊二	562	寫景
遊合江園戲題	七言古詩	《詩稿校注》冊二	563	寫景

題醉中所作草書卷後	七言古詩	《詩稿校注》冊二	566	生活
聞孫巖老掛冠歎仰之餘輒賦長句	七言古詩	《詩稿校注》冊二	570	人事
松驥行	七言古詩	《詩稿校注》冊二	571	詠物
雨中登安福寺塔	五言古詩	《詩稿校注》冊二	573	寫景
晚過五門	七言古詩	《詩稿校注》冊二	580	寫景
夏夜大醉醒後有感	七言古詩	《詩稿校注》冊二	582	生活
晚步	五言古詩	《詩稿校注》冊二	585	生活
姚將軍靖康初以戰敗亡命建炎中下詔求之不可得後五十年乃從呂洞賓劉高尚往來名山有見之者予感其事作詩寄題青城山上清宮壁間將軍儻見之乎	五言古詩	《詩稿校注》冊二	586	人事
避暑江上	五言古詩	《詩稿校注》冊二	589	寫景
夏白紵 其一	七言古詩	《詩稿校注》冊二	590	擬古
其二	七言古詩	《詩稿校注》冊二	590	擬古
夜讀東京記	七言古詩	《詩稿校注》冊二	591	生活
書歎	五言古詩	《詩稿校注》冊二	593	生活
夢遊山水奇麗處有古宮觀云雲臺觀也	七言古詩	《詩稿校注》冊二	595	生活
與青城道人飲酒作	七言古詩	《詩稿校注》冊二	598	人事
銅壺閣望月	七言古詩	《詩稿校注》冊二	599	寫景
劍客行	七言古詩	《詩稿校注》冊二	601	人事
夜宴即席作	七言古詩	《詩稿校注》冊二	601	生活
龍挂	七言古詩	《詩稿校注》冊二	604	天文
遊學射山遇景道人	五言古詩	《詩稿校注》冊二	615	人事
融洲寄松紋劍	七言古詩	《詩稿校注》冊二	616	詠物
玉京行	七言古詩	《詩稿校注》冊二	617	宗教
步出萬里橋門至江上	五言古詩	《詩稿校注》冊二	618	生活

晚步	五言古詩	《詩稿校注》冊二	619	生活
數日寒頓減頗有春意感懷賦短歌	五言古詩	《詩稿校注》冊二	620	生活
春愁	七言古詩	《詩稿校注》冊二	620	生活
梅花	七言古詩	《詩稿校注》冊二	622	詠物
寺居夙興	五言古詩	《詩稿校注》冊二	622	寫景
關山月	七言古詩	《詩稿校注》冊二	623	軍事
出塞曲	七言古詩	《詩稿校注》冊二	624	軍事
戰城南	七言古詩	《詩稿校注》冊二	625	軍事
偶過浣花感舊遊戲作	七言古詩	《詩稿校注》冊二	627	人事
夜讀唐諸人詩多賦烽火者因記在山南時登城觀塞上傳烽追賦一首	五言古詩	《詩稿校注》冊二	627	軍事
平明出小東門觀梅	五言古詩	《詩稿校注》冊二	628	詠物
樓上醉書	七言古詩	《詩稿校注》冊二	630	生活
初春出遊	七言古詩	《詩稿校注》冊二	632	寫景
江路見杏花	五言古詩	《詩稿校注》冊二	642	寫景
張園海棠	七言古詩	《詩稿校注》冊二	644	寫景
和范舍人永康青城道中作	七言古詩	《詩稿校注》冊二	645	人事
眉州驛舍睡起	五言古詩	《詩稿校注》冊二	650	官宦
送范舍人還朝	七言古詩	《詩稿校注》冊二	651	人事
過魚蛇市小寺	五言古詩	《詩稿校注》冊二	652	官宦
過修覺山不果登覽	五言古詩	《詩稿校注》冊二	654	寫景
浣花女	七言古詩	《詩稿校注》冊二	657	人事
登城	五言古詩	《詩稿校注》冊二	661	寫景
秋日登偃遊閣	五言古詩	《詩稿校注》冊二	663	寫景
大醉歸南禪弄影月下有作	五言古詩	《詩稿校注》冊二	665	寫景
病酒戲作	五言古詩	《詩稿校注》冊二	667	生活
夜坐	七言古詩	《詩稿校注》冊二	669	生活

八月十四夜三叉市對月	七言古詩	《詩稿校注》冊二	677	天文
豐橋旅社作	七言古詩	《詩稿校注》冊二	678	寫景
白鶴館夜坐	五言古詩	《詩稿校注》冊二	679	官宦
南津勝因院亭子	五言古詩	《詩稿校注》冊二	680	寫景
登邛州譙門門三重其西偏有神仙張四郎畫像張蓋隱白鶴山中	五言古詩	《詩稿校注》冊二	681	宗教
中溪	五言古詩	《詩稿校注》冊二	684	寫景
贈宋道人	七言古詩	《詩稿校注》冊二	687	人事
自山中泛舟歸郡城	七言古詩	《詩稿校注》冊二	687	寫景
次韻宇文使君山行	五言古詩	《詩稿校注》冊二	688	人事
登太平塔	五言古詩	《詩稿校注》冊二	690	寫景
九月十日如漢州小獵於新都彌车之間投宿民家	五言古詩	《詩稿校注》冊二	692	生活
自廣漢歸宿十八里草市	五言古詩	《詩稿校注》冊二	695	生活
東郊飲村酒大醉後作	五言古詩	《詩稿校注》冊二	695	生活
九月十八夜夢避雨叩一僧院有老宿年八十許邀留甚勤若舊相識者夢中爲賦此詩	七言古詩	《詩稿校注》冊二	696	生活
秋興	七言古詩	《詩稿校注》冊二	698	生活
飯罷戲作	五言古詩	《詩稿校注》冊二	701	生活
趙將軍	五言古詩	《詩稿校注》冊二	705	人事
謁漢昭烈惠陵及諸葛公祠宇	五言古詩	《詩稿校注》冊二	708	人事
大雪歌	七言古詩	《詩稿校注》冊二	710	人事
玉局觀拜東坡先生海外畫像	五言古詩	《詩稿校注》冊二	713	人事
心太平菴	五言古詩	《詩稿校注》冊二	715	生活
訪客至西郊	五言古詩	《詩稿校注》冊二	715	人事
江樓吹笛飲酒大醉中作	七言古詩	《詩稿校注》冊二	718	生活
晚登子城	七言古詩	《詩稿校注》冊二	719	寫景

草堂拜少陵遺像	五言古詩	《詩稿校注》冊二	723	人事
劍客行	五言古詩	《詩稿校注》冊二	727	人事
故蜀別苑在成都西南十五六里梅至多有兩大樹夭矯若龍相傳之梅龍予初至蜀爲作詩自此歲常訪之今復賦一首丁酉十一月也	七言古詩	《詩稿校注》冊二	728	詠物
大風登城	七言古詩	《詩稿校注》冊二	731	寫景
書雨	五言古詩	《詩稿校注》冊二	732	生活
感興 其一	五言古詩	《詩稿校注》冊二	737	生活
其二	五言古詩	《詩稿校注》冊二	739	生活
暮冬夜宴	七言古詩	《詩稿校注》冊二	740	生活
芳華樓賞梅	七言古詩	《詩稿校注》冊二	742	詠物
大醉梅花下走筆賦此	五言古詩	《詩稿校注》冊二	744	詠物
之廣都憩鐵像院	五言古詩	《詩稿校注》冊二	745	官宦
廣都江上作	五言古詩	《詩稿校注》冊二	746	寫景
宿龍華山中寂然無一人方丈前梅花盛開月下獨觀至中夜	五言古詩	《詩稿校注》冊二	746	詠物
別後寄季長	五言古詩	《詩稿校注》冊二	750	人事
中夜對月小酌	五言古詩	《詩稿校注》冊二	751	天文
城南王氏莊尋梅	五言古詩	《詩稿校注》冊二	753	詠物
遊萬里橋南劉氏小園	五言古詩	《詩稿校注》冊二	754	寫景
過筰橋道中龍祠小留	七言古詩	《詩稿校注》冊二	754	寫景
丁酉除夕	五言古詩	《詩稿校注》冊二	756	生活
遊諸葛武侯書臺	七言古詩	《詩稿校注》冊二	762	人事
觀花	七言古詩	《詩稿校注》冊二	764	寫景
張園觀海棠	五言古詩	《詩稿校注》冊二	764	詠物
月夕	五言古詩	《詩稿校注》冊二	765	寫景
二月十六日賞海棠	七言古詩	《詩稿校注》冊二	766	詠物

附錄五：陸游蜀中活動地點
古今地名對照表

參考歷史地圖為南宋嘉定元年（1208）建制，陸游當時 84 歲

時　　間	府、州、軍	地名	交通	現今地名
乾道六年五月	紹興府	山陰	陸路	浙江省紹興市
乾道六年五月	紹興府	錢清	陸路	浙江省杭州市蕭山區
乾道六年五月	紹興府	蕭山	陸路	浙江省杭州市蕭山區
乾道六年五月	紹興府	西興	陸路	浙江省杭州市濱江區
乾道六年五月	臨安府	臨安	陸路	浙江省杭州市
乾道六年六月	臨安府	臨平	水路	浙江省杭州市餘杭區
乾道六年六月	秀州（嘉興府）	崇德	水路	浙江省桐鄉市崇福鎮
乾道六年六月	秀州	秀州	水路	浙江省嘉興市
乾道六年六月	平江府	平江	水路	江蘇省蘇州市
乾道六年六月	常州	無錫	水路	江蘇省無錫市
乾道六年六月	常州	常州	水路	江蘇省常州市
乾道六年六月	鎮江府	呂城	水路	江蘇省丹陽市呂城鎮
乾道六年六月	鎮江府	丹陽	水路	江蘇省丹陽市

乾道六年六月	鎮江府	新豐	水路	江蘇省大豐市新豐鎮
乾道六年六月	鎮江府	鎮江	水路	江蘇省鎮江市
乾道六年六月	揚州	瓜洲	水路	江蘇省揚州市邗江區
乾道六年六月	鎮江府	金山	水路	江蘇省鎮江市潤州區
乾道六年七月	眞州	眞州	水路	江蘇省儀征市眞州鎮
乾道六年七月	眞州	瓜步山	水路	江蘇省南京市六合區東南
乾道六年七月	建康府	建康	水路	江蘇省南京市
乾道六年七月	建康府	三山磯	水路	江蘇省南京市江寧區板橋鎮附近
乾道六年七月	建康府	慈姥磯	水路	江蘇省南京市江寧區西南
乾道六年七月	太平州	采石鎮	水路	安徽省馬鞍山市采石風景區
乾道六年七月	太平州	當塗	水路	安徽省馬鞍山市當塗縣
乾道六年七月	太平州	青山	水路	安徽省當塗縣太白鎮
乾道六年七月	太平州	繁昌	水路	安徽省蕪湖市繁昌縣
乾道六年七月	池州	丁家洲	水路	安徽省安慶市潛山縣
乾道六年七月	池州	銅陵	水路	安徽省銅陵市
乾道六年七月	池州	池州	水路	安徽省池州市
乾道六年七月	池州	雁翅峽	水路	安徽省池州市境內
乾道六年七月	池州	東流	水路	安徽省池州市東至縣
乾道六年八月	江州	彭蠡口	水路	江西省湖口縣
乾道六年八月	江州	江州	水路	江西省九江市
乾道六年八月	興國軍	富池	水路	湖北省黃石市富池鎮
乾道六年八月	興國軍	龍眼磯	水路	湖北省黃岡市蘄春縣西南
乾道六年八月	興國軍	道士磯	水路	湖北省大冶市黃州區
乾道六年八月	黃州	黃州	水路	湖北省黃岡市黃州區
乾道六年八月	鄂州	雙柳峽	水路	湖北省武漢市新州區境內
乾道六年八月	鄂州	青山磯	水路	湖北省武漢市青山區境內

乾道六年八月	鄂州	鄂州	水路	湖北省鄂州市
乾道六年八月	漢陽軍	鸚鵡洲	水路	湖北省武漢市漢陽區鸚鵡堤
乾道六年八月	漢陽軍	通濟口	水路	湖北省武漢市東南
乾道六年九月	復州	新潭	水路	湖北省仙桃市（沔陽）新潭村
乾道六年九月	復州	玉沙	水路	湖北省荊州市洪湖市境內
乾道六年九月	江陵府	建寧	水路	湖北省石首市調關鎮
乾道六年九月	江陵府	塔子磯	水路	湖北省石首市境內
乾道六年九月	江陵府	石首	水路	湖北省石首市
乾道六年九月	江陵府	藕池	水路	湖北省荊州市公安縣藕池鎮
乾道六年九月	江陵府	公安	水路	湖北省荊州市公安縣
乾道六年九月	江陵府	沙市	水路	湖北省荊州市沙市區
乾道六年九月	江陵府	江陵	水路	湖北省荊州市
乾道六年十月	江陵府	百里洲	水路	湖北省宜昌市百里洲鎮
乾道六年十月	江陵府	松滋渡	水路	湖北省荊州市松滋市
乾道六年十月	峽州	白羊市	水路	湖北省宜昌市白洋鎮
乾道六年十月	峽州	峽州	水路	湖北省宜昌市
乾道六年十月	峽州	三游洞	水路	湖北省宜昌市西北
乾道六年十月	峽州	扇子峽	水路	湖北省宜昌市夷陵區燈影峽
乾道六年十月	峽州	蝦蟆碚	水路	湖北省宜昌市西北
乾道六年十月	峽州	黃牛峽	水路	湖北省宜昌市夷陵區黃牛峽
乾道六年十月	歸州	達洞灘	水路	湖北省宜昌市秭歸縣東南
乾道六年十月	歸州	新灘	水路	湖北省宜昌市秭歸縣新灘鎮
乾道六年十月	歸州	歸州	水路	湖北省宜昌市秭歸縣
乾道六年十月	歸州	石門關	水路	湖北省恩施土家族自治州境內
乾道六年十月	歸州	巴東	水路	湖北省恩施土家族自治州巴東縣
乾道六年十月	夔州	巫山縣	水路	重慶市巫山縣

乾道六年十月	夔州	瞿唐峽	水路	重慶市奉節縣與巫山縣之間
乾道六年十月	夔州	夔州	水路	重慶市奉節縣
乾道八年正月	夔州	夔州	陸路	重慶市奉節縣
乾道八年春	雲安軍	雲安軍	陸路	重慶市雲陽縣
乾道八年春	萬州	萬州	陸路	今重慶市萬州區
乾道八年春	梁山軍	梁山軍	陸路	重慶市梁平縣
乾道八年春	渠州	鄰山	陸路	四川省達州市大竹縣
乾道八年春	渠州	鄰水	陸路	四川省廣安市鄰水縣
乾道八年春	廣安軍	廣安軍	陸路	四川省廣安市
乾道八年春	果州	果州	陸路	四川省南充市
乾道八年春	閬州	閬州	陸路	四川省閬中市
乾道八年春	利州	嘉川舖	陸路	四川省廣元市旺蒼縣嘉川鎮
乾道八年春	利州	昭化	陸路	四川省廣元市
乾道八年春	利州	綿谷	陸路	四川省廣元市市中區
乾道八年春	大安軍	大安軍	陸路	陝西省漢中市寧強縣
乾道八年春	大安軍	金牛鎮	陸路	陝西省漢中市寧強縣大安鎮
乾道八年春	興元府	勉縣	陸路	陝西省漢中市勉縣
乾道八年三月	興元府	興元府（南鄭）	陸路	陝西省漢中市南鄭縣
乾道八年	鳳州	鳳縣	陸路	陝西省寶雞市鳳縣
乾道八年	鳳州	大散關	陸路	陝西省寶雞市西南大散嶺（北臨金治鳳翔府）
乾道八年九月	興元府	興元府	陸路	陝西省漢中市南鄭縣
乾道八年九月	大安軍	三泉	水路	陝西省漢中市寧強縣
乾道八年九月	利州	利州	陸路	四川省廣元市利州區
乾道八年九月	利州	葭萌	陸路	四川省廣元市西南
乾道八年九月	閬州	蒼溪	陸路	四川省廣元市蒼溪縣

乾道八年九月	閬州	閬中	陸路	四川省閬中市
乾道八年十月	利州	益昌 （利州）	陸路	四川省廣元市利州區
乾道八年十月	興元府	興元府	陸路	陝西省漢中市南鄭縣
乾道八年十一月	興元府	興元府	陸路	陝西省漢中市南鄭縣
乾道八年十一月	大安軍	三泉	水路	陝西省漢中市寧強縣
乾道八年十一月	利州	利州	陸路	四川省廣元市利州區
乾道八年十一月	隆慶府	劍門關	陸路	四川省廣元市劍閣縣境內
乾道八年十一月	隆慶府	武連	陸路	四川省廣元市劍閣縣武連鎮
乾道八年十一月	綿州	魏成 （魏城）	陸路	四川省綿陽市游仙區玉河鎮
乾道八年十一月	綿州	羅江	陸路	四川省德陽市羅江縣
乾道八年十一月	漢州	雒縣	陸路	四川省德陽市廣漢市
乾道八年十二月	成都府	成都	陸路	四川省成都市
乾道九年春	蜀州 （崇慶府）	蜀州	陸路	四川省成都市崇州市
乾道九年春	成都府	成都	陸路	四川省成都市
乾道九年夏	眉州	眉山	陸路	四川省眉山市
乾道九年夏	嘉州 （嘉定府）	嘉州	陸路	四川省樂山市
淳熙元年三月	嘉州	嘉州	陸路	四川省樂山市
淳熙元年三月	眉州	青神	陸路	四川省眉山市青神縣
淳熙元年三月	蜀州	新津	陸路	四川省成都市新津縣
淳熙元年三月	崇慶府	蜀州	陸路	四川省成都市崇州市
淳熙元年六月	崇慶府	江原	陸路	四川省成都市崇州市江源鎮
淳熙元年六月	成都府	成都	陸路	四川省成都市
淳熙元年六月	崇慶府	蜀州	陸路	四川省成都市崇州市
淳熙元年九月	邛州	大邑	陸路	四川省成都市大邑縣

淳熙元年九月	崇慶府	蜀州	陸路	四川省成都市崇州市
淳熙元年九月	成都府	雙流 （廣都）	陸路	四川省成都市雙流縣
淳熙元年九月	成都府	成都	陸路	四川省成都市
淳熙元年十月	永康軍	青城 （灌縣）	陸路	四川省成都市都江堰市青城山鎮
淳熙元年十月	成都府	郫縣	陸路	四川省成都市郫縣
淳熙元年十月	成都府	雙流	陸路	四川省成都市雙流縣
淳熙元年十月	崇慶府	江原	陸路	四川省成都市崇州市江源鎮
淳熙元年十月	成都府	新津	陸路	四川省成都市新津縣
淳熙元年十月	眉州	彭山	陸路	四川省眉山市彭山縣
淳熙元年十月	眉州	青神	陸路	四川省眉山市青神縣
淳熙元年十月	嘉州	平羌	陸路	四川省樂山市北
淳熙元年十月	榮州 （紹熙府）	榮州	陸路	四川省自貢市
淳熙二年春	成都府	成都	陸路	四川省成都市
淳熙二年六月	成都府	新都	陸路	四川省成都市新都區
淳熙二年六月	漢州	金堂	陸路	四川省成都市金堂縣
淳熙二年六月	成都府	成都	陸路	四川省成都市
淳熙四年六月	永康軍	青城	陸路	四川省成都市都江堰市青城山鎮
淳熙四年六月	成都府	新津	陸路	四川省成都市新津縣
淳熙四年六月	眉州	慈姥巖	陸路	四川省眉山市中岩山境內
淳熙四年七月	成都府	成都	陸路	四川省成都市
淳熙四年八月	崇慶府	江原	陸路	四川省成都市崇州市江源鎮
淳熙四年八月	邛州	安仁	陸路	四川省成都市大邑縣安仁古鎮
淳熙四年八月	邛州	邛州	陸路	四川省成都市邛郲市
淳熙四年九月	成都府	新津	陸路	四川省成都市新津縣

淳熙四年九月	成都府	成都	陸路	四川省成都市
淳熙四年九月	成都府	新都	陸路	四川省成都市新都區
淳熙四年九月	成都府	彌牟	陸路	四川省成都市青白江區彌牟鎮
淳熙四年九月	漢州	漢州	陸路	四川省德陽市廣漢市
淳熙四年九月	成都府	成都	陸路	四川省成都市
淳熙五年三月	成都府	成都	陸路	四川省成都市
淳熙五年四月	眉州	青神	陸路	四川省眉山市青神縣
淳熙五年四月	嘉州	玉津	陸路	四川省樂山市犍爲縣玉津鎮
淳熙五年四月	敘州	敘州	陸路	四川省宜賓市
淳熙五年四月	敘州	敘州	水路	四川省宜賓市
淳熙五年四月	瀘州	瀘州	水路	四川省瀘州市
淳熙五年四月	恭州	恭州	水路	重慶市江北、南岸、巴南區一帶
淳熙五年四月	涪州	涪州	水路	重慶市涪陵區
淳熙五年四月	忠州	忠州	水路	重慶市忠縣
淳熙五年四月	萬州	萬州	水路	重慶市萬州區
淳熙五年五月	夔州	夔州	水路	四川省奉節縣

參考文獻

【參考文獻編排體例說明】

　　以下參考文獻共分「陸游著作與相關研究專書」、「詩學專書」、「其他文史專書」、「學位論文」、「期刊論文」五類，每類中的書目再依出版時間先後排序。

一、陸游著作與相關研究專書

1. 陸游：《陸放翁全集》，臺北市：世界書局，1963 年 4 月。
2. 張健：《陸游》，臺北市：河洛圖書出版社，1977 年 5 月。
3. 歐小牧：《陸游年譜》，臺北市：木鐸出版社，1982 年 5 月。
4. 朱東潤：《陸游傳》，臺北市：華世出版社，1984 年 2 月。
5. 陸游：《入蜀記》，北京市：中華書局出版發行，1985 年 8 月。
6. 陸游：《老學庵筆記》，北京市：中華書局出版發行，1985 年 8 月。
7. 陸游著，錢仲聯校注：《劍南詩稿校注》，上海市：上海古籍出版社，1985 年 9 月。
8. 陸游著，張應南選注：《陸游詩選》，臺北市：遠流圖書有限公司，1988 年 4 月。
9. 李致洙：《陸游詩研究》，臺北市：文史哲出版社，1991 年 9 月。
10. 陸游著，張永鑫譯注：《陸游詩詞》，臺北市：錦繡出版社，1992 年 5 月。
11. 齊治平：《陸游》，臺北市：萬卷樓圖書有限公司，1993 年 1 月。

12. 邱鳴皋：《陸游評傳》，南京市：南京大學出版社，2002 年 2 月。

13. 孔凡禮、齊治平編：《陸游資料彙編》，北京市：中華書局，2006 年 8 月。

14. 王曉雯：《陸游蜀中詩歌研究》，台北縣：花木蘭出版社，2008 年 9 月。

二、詩學專書

1. 胡應麟：《詩藪》，北京市：中華書局，1958 年 6 月。

2. 謝榛：《四溟詩話》，北京市：人民文學出版社，1961 年 8 月。

3. 方東樹：《昭昧詹言》，臺北市：廣文書局，1962 年 8 月。

4. 張夢機：《近體詩發凡》，臺北市：臺灣中華書局，1970 年 6 月。

5. 陳幸蕙：《采菊東籬下》，臺北市：故鄉出版社，1970 年 10 月。

6. 王易：《詞曲史》，臺北市：廣文書局有限公司，1971 年 7 月。

7. 丁福保編：《清詩話》，臺北市：藝文印書館，1971 年 10 月。

8. 羅根澤：《樂府文學史》，臺北市：文史哲出版社，1972 年 6 月。

9. 黃永武：《中國詩學——鑑賞篇》，臺北市：巨流圖書公司，1977 年 4 月。

10. 謝雲飛：《文學與音律》，臺北市：東大圖書有限公司，1978 年 11 月。

11. 魏慶之：《校正詩人玉屑》，臺北市：世界書局，1980 年 6 月。

12. 丁福保：《歷代詩話續編》，北京市：中華書局，1983 年 8 月。

13. 黃永武：《中國詩學——設計篇》，臺北市：巨流圖書公司，1987 年 4 月。

14. 繆鉞等編撰：《宋詩鑑賞詞典》，上海市：上海辭書出版社，1987 年 12 月。

15. 高步瀛選注：《唐宋詩舉要》，臺北市：學海出版社，1988 年 6 月。

16. 孫琴安：《唐七律詩精評》，上海市：上海社會科學院，1989 年 6 月。

17. 傅庚生：《中國文學欣賞舉隅》，臺北市：國文天地，1990 年 5 月。

18. 古遠清：《詩歌分類學》，高雄市：高雄復文圖書出版社，1991 年 7 月。

19. 孫克寬：《分體詩選》，臺北市：臺灣學生書局，1992 年 9 月。

20. 張相：《詩詞曲語辭匯釋》，北京市：北京中華書局，1993 年 4 月。

21. 張高評：《宋詩綜論叢編》，高雄市：麗文文化出版社，1993 年 5 月。

22. 張葆全：《詩話與詞話》，臺北市：萬卷樓圖書有限公司，1993 年 7 月。

23. 童慶炳：《中國古代心理詩學與美學》，臺北市：萬卷樓圖書有限公司，1994 年 8 月。

24. 陳慶輝：《中國詩學》，臺北市：文史哲出版社，1994 年 12 月。

25. 吳之振：《宋詩鈔》，北京市，中華書局，1996 年 2 月。

26. 袁行霈：《中國詩歌藝術研究》，北京市：北京大學出版社，1996 年 6 月。

27. 毛正天：《中國古代詩學本體論闡釋》，臺北市：五南書局，1997 年 8 月。

28. 許清雲：《近體詩創作理論》，臺北市：洪葉文化，1997 年 9 月。

29. 張夢機：《古典詩的形式結構》，臺北市：駱駝圖書有限公司，1997 年 12 月。

30. 王隆升：《唐代登臨詩研究》，臺北市：文津出版社，1998 年 4 月。

31. 阮閱著，周本淳校：《詩話總龜》，北京市：人民文學出版社，1998 年 6 月。

32. 何文匯：《詩詞曲格律淺說》，臺北市：臺灣書店，1999 年 8 月。

33. 趙昌平：《唐詩選》，香港：中華書局有限公司，2000 年 7 月。

34. 葉嘉瑩：《迦陵說詩講稿》，臺北市：桂冠圖書有限公司，2000 年 8 月。

35. 張高評：《會通化成與宋代詩學》，臺南市：國立成功大學出版組，2000 年 8 月。

36. 楊義：《李杜詩學》，北京市：北京出版社，2001 年 8 月。

37. 林淑貞：《中國詠物詩「託物言志」析論》，臺北市：萬卷樓圖書有限公司，2002 年 4 月。

38. 王力：《漢語詩律學》，香港：中華出版，2003 年 4 月。

39. 杜甫著，楊倫注：《杜詩鏡銓》，臺北市：華正書局有限公司，2003 年 10 月。

40. 許正中：《唐代律詩析賞》，臺北市：東大讀書股份有限公司，2004 年 6 月。

41. 陳怡良：《田園詩派宗師：陶淵明探析》，臺北市：里仁出版社，2006 年 2 月。

42. 吳小如等編撰：《漢魏六朝詩鑑賞詞典》，上海市：上海辭書出版社，2006 年 11 月。

43. 蕭滌非等編撰：《唐詩鑑賞詞典》，上海市：上海辭書出版社，2006 年 11 月。

44. 霍松林主編，漆緒邦等著：《中國詩論史》，合肥：黃山書社，2007 年 1 月。

45. 王國維著，徐調孚校注：《校注人間詞話》，臺北縣：頂淵文化事業有限公司，2007 年 8 月。

46. 張高評：《創意造語與宋詩特色》，臺北市：新文豐出版股份有限公司，2008 年 12 月。

47. 喻守真編：《唐詩三百首詳析》，高雄市：高雄復文圖書出版社，2009 年 9 月。

48. 蘇珊玉：《人間詞話之審美觀》，臺北市：里仁書局，2009 年 9 月。

49. 羅娓淑：《李商隱七言律詩之語言風格研究》，臺北縣：花木蘭出版社，2009 年 5 月。

三、其他文史專書

1. 脫脫：《宋史》，臺北市：洪氏出版社，1975 年 10 月。

2. 劉勰：《文心雕龍注》，臺北市：學海出版社，1977 年 8 月。

3. 黃慶萱：《修辭學》，臺北市：三民書局股份有限公司，1979 年 12 月。

4. 葉慶炳：《中國文學史》，臺北市：臺灣學生書局，1987 年 8 月。

5. 錢鍾書：《談藝錄》，臺北市：書林出版社，1988 年 6 月。

6. 李澤厚：《美的歷程》，臺北市：金楓出版社，1988 年 10 月。

7. 黃永武：《字句鍛鍊法》，臺北市，洪範書局，1990 年 12 月。

8. 譚其驤主編：《中國歷史地圖集——宋・遼・金時期》冊六，臺北市：曉圓出版社有限公司，1992 年 2 月。

9. 劉勰著，周振甫注：《文心雕龍注釋》，臺北市：里仁書局，1998 年 9 月。

10. 許世瑛：《中國文法講話》，臺北市：臺灣開明書店，2002 年 10 月。

11. 袁行霈：《中國文學概論》，臺北市：五南圖書出版股份有限公司，2003 年 8 月。

12. 袁行霈：《中國文學史》，臺北市：五南圖書出版股份有限公司，

2003 年 10 月。

四、學位論文

1. 宋邦珍：《陸游詩歌研究》，高雄師範大學國文學系博士論文，1990年。

2. 劉奇慧：《陸游紀夢詩研究》，臺灣師範大學國文學系碩士論文，2003 年。

3. 王瑄琪：《父子更兼師友分──陸游教子詩研究》，彰化師範大學國文學系碩士論文，2004 年。

4. 徐丹麗：《陸游詩研究》，南京大學中文系博士論文，2005 年。

5. 王厚傑：《陸游詩中的花研究》，中山大學中國文學系碩士論文，2006 年。

6. 呂輝：《陸游七言律詩研究》，陝西師範大學中國古代文學所博士論文，2008 年。

7. 趙惠萍：《杜甫七律對仗之研究》，高雄師範大學國文學系國文教學碩士論文，2009 年。

8. 黃英：《陸游詩歌五十首經典名篇的考察》，江西師範大學中國古代文學碩士論文，2011 年。

9. 馬寅：《陸游入蜀（乾道六年──淳熙五年）研究》，重慶師範大學中國古代史碩士論文，2011 年。

10. 蔡書文：《陸游詩中的老年世界探析》，東華大學中國語文學系碩士論文，2012 年。

11. 卓旻賢：《陸游題畫詩研究》，東華大學中文學系碩士論文，2013年。

五、期刊論文

1. 于東新：〈沉鬱悲愴，簡淡古樸──陸游詩藝術風格論〉，《內蒙古民族大學學報》（社會科學版）第 27 卷第 3 期，2001 年 8 月。

2. 高津孝：〈陸游評價的系譜──愛國詩人與國家主義〉，《政大中文學報》第 4 期，2005 年 12 月。

3. 黎遠方：〈論屈原、杜甫、陸游愛國詩的異同〉，《桂林師範高等專科學校學報》第 19 卷第 4 期，2005 年 12 月。

4. 曹栓姐：〈詩外工夫與杜甫門牆──以川中詩爲例談陸游學杜〉，《巢湖學院學報》第 7 卷第 2 期，2005 年。

5. 夏志穎，周爲軍：〈從陸游的讀書詩看其詩歌批評──以陸游〈示子遹〉詩爲中心〉，《樂山師範學院學報》第 22 卷第 2 期，2007 年 2 月。

6. 墻峻峰，張遠林：〈陸游詩歌的效果史──兼論"中興四大家"〉，《江漢論壇》，2007 年 2 月。

7. 王志清：〈陸游"史筆山水"的寫實品格與型態〉，《中州學刊》第 5 期，2007 年 9 月。

8. 楊理論：〈陸游與杜甫──一個詩學闡釋的視角〉，《杜甫研究學刊》第 4 期，2007 年。

9. 張毅：〈重釋"盡拾靈均怨句新"──論陸游與屈原的關係及陸詩"怨"的特點〉，《蘭州學刊》第 4 期，2008 年。

10. 劉揚忠：〈平生得酒狂無敵，百幅淋漓風雨疾──陸游飲酒行爲及其詠酒詩述論〉，《中國韻文學刊》第 22 卷第 3 期，2008 年 9 月。

11. 林中明：〈陸游詩文的多樣性與幽默感〉，《中國韻文學刊》第 22 卷第 4 期，2008 年 12 月。

12. 簡錦松，陳怡婷：〈杜甫七律章法規格化研究〉，《東華漢學》第 9 期，2009 年 6 月。

13. 陳蘇梅：〈析陸游的海棠詞〉，《語文學刊》第 4 期，2009 年。

14. 韓立平：〈同岑異苔：陸游、楊萬里詩壇地位考察〉，《浙江學刊》第 3 期，2010 年。